Mon irrésistible milliardaire

LUCY KING

Mon irrésistible milliardaire

Traduction française de
ALEXANDRA TEISSIER

AZUR

HARLEQUIN

Collection : Azur

Titre original :
STRANDED WITH MY FORBIDDEN BILLIONAIRE

HARPERCOLLINS FRANCE
83-85, boulevard Vincent-Auriol, 75646 PARIS CEDEX 13
Service Lectrices — Tél. : 01 45 82 47 47 - www.harlequin.fr
ISBN 978-2-2804-9282-9 — ISSN 0993-4448

Composé et édité par HarperCollins France.
Imprimé en juillet 2023 par CPI Black Print (Barcelone)
en utilisant 100% d'électricité renouvelable.
Dépôt légal : août 2023.

FSC
www.fsc.org
MIXTE
Papier issu de sources responsables
FSC® C159065

Pour limiter l'empreinte environnementale de ses livres, HarperCollins France s'engage à n'utiliser que du papier fabriqué à partir de bois provenant de forêts gérées durablement et de manière responsable.

1.

Si on m'avait dit, six semaines plus tôt, que j'embarquerais en novembre à bord d'une vedette filant sur l'océan Indien, à huit mille kilomètres de mes colocataires londoniennes, cap sur Suza, l'île privée de Nick Morgan, afin de solliciter son aide, franchement, j'aurais éclaté de rire.

Lui et moi échangions quelques politesses les rares fois où nos chemins se croisaient, cela au nom de la longue amitié liant Nick à mon frère aîné Seb, mais entre nous le courant ne passait pas.

Nous nous étions rencontrés l'année de son arrivée dans le même pensionnat d'élite que mon frère. Ils avaient treize ans tous les deux, j'en avais onze. Seb et moi avions pour père un magnat de la finance qui avait subventionné à lui seul le département d'études commerciales flambant neuf de l'école. Nick, lui, avait été élevé par une mère célibataire qui peinait à joindre les deux bouts, et bénéficiait d'une bourse pour l'internat. Il me jugeait trop gâtée et superficielle, je le savais, tandis que je le voyais, moi, comme un garçon complètement coincé.

Par la suite, nos destins respectifs s'étaient inversés de façon plutôt spectaculaire. Néanmoins nos relations restaient glaciales et jamais l'idée de venir le débusquer jusqu'ici ne m'aurait traversé l'esprit en des circonstances normales. Seulement voilà, je venais de gagner cent huit millions de livres au loto et j'avais déjà failli en perdre la moitié par la faute d'un arnaqueur…

Cela changeait tout.

Un soir de panique, j'avais appelé mon frère, anéantie par les chocs successifs du gain puis de l'arnaque évitée de justesse, et plus généralement par la découverte de ma toute nouvelle vulnérabilité.

— Il te faut l'aide d'un pro, Millie, m'avait-il dit depuis San Francisco. Contacte Nick. C'est son métier, et il y excelle.

Seb avait raison. Au cours de la dernière décennie, Nick avait fait fortune dans le conseil financier, en proposant des produits très pointus qu'il avait lui-même conçus. Il avait commencé sa carrière en qualité de spécialiste du haut risque à forte rentabilité, avant de se convertir, une fois installé à son compte, à une approche plus posée de la gestion de patrimoine. Il s'était peu à peu bâti une solide réputation tant par ses compétences que par sa fiabilité. À mon corps défendant, je devais reconnaître qu'il était en effet l'homme de la situation.

Il y avait juste un petit problème.

— Nick ? Il me hait, avais-je répliqué à Seb, me remémorant en frissonnant les regards durs qu'il me réservait depuis quelque temps et son visage perpétuellement crispé en ma présence.

— Pas du tout !

— Mais si.

— Et quand bien même, quelle importance ? Il en retirera des profits astronomiques, autant dire : irrésistibles.

— Mais il a déjà des milliards… L'argent l'intéresse à ce point ?

— C'est la seule chose qui l'intéresse. Sérieusement, Millie, il prendra soin de toi. C'est l'homme qu'il te faut, crois-moi.

Je n'avais pas besoin d'un homme. Et surtout pas d'un homme aussi hostile à mon égard. Je n'avais aucune envie non plus qu'on prenne soin de moi… Huit ans plus tôt, lorsque notre père avait tout perdu en l'espace d'une nuit, un mois pile avant mes vingt et un ans, l'atterrissage dans le monde réel avait été rude. Un vrai crash, qui m'avait permis de mesurer, entre autres, l'importance de ne compter que sur soi-même. Je préservais jalousement mon indépendance désormais. Si un peu de compagnie masculine se révélait utile certains soirs d'hiver assez rares où la solitude se faisait pesante, le seul petit ami sérieux à mon actif s'était évanoui dans la nature à la minute où j'étais devenue fauchée. Je ne tenais pas particulièrement à revivre une expérience aussi traumatisante.

Cependant, cent huit millions de livres, cela représentait une responsabilité écrasante. Je ne connaissais rien aux placements, hormis qu'ils pouvaient rapporter beaucoup et faire perdre plus encore le lendemain, et le fait que je sois tombée d'emblée sur un truand me laissait penser que j'avais peut-être hérité de l'intuition hasardeuse de mon père en matière de gestion de biens. Oui, autant l'admettre, j'avais bel et bien besoin d'aide. La suggestion de Seb me trottant dans la tête, lassée de crouler sous les propositions indésirables de parfaits inconnus, j'avais fini par me rendre à l'évidence.

Ce démon-là, au moins, je le connaissais.

Je lui avais donc envoyé un message. En retour, Nick m'avait informée que pour le voir il me faudrait sauter dans un avion. Et voilà comment, vingt-quatre heures plus tard, je me trouvais à l'autre bout du monde, frustrée d'avoir obtempéré sans même protester tant j'avais besoin de lui, mais soulagée aussi qu'il ne m'ait pas envoyée d'emblée sur les roses.

À mesure que la vedette que j'avais attrapée à Dar es-Salaam prenait de la vitesse sur les eaux couleur saphir avec un certain James à la barre, le bout de terre minuscule scintillant à l'horizon gagnait en volumes et en formes. Quel accueil allait me réserver Nick ? À cette pensée, mon ventre se contractait avec une telle violence que je choisis de me concentrer sur le paysage, la main en visière sur le front pour protéger mes yeux du soleil éblouissant.

Devant moi, la somptueuse étendue de sable blanc sous le ciel bleu azur sans un nuage semblait sortir tout droit d'une brochure en papier glacé. Une vision sublime, alléchante et si stupéfiante que je remarquai à peine que l'océan avait viré au vert jade au niveau des hauts-fonds et que le moteur ralentissait déjà. Seul le léger choc de la coque heurtant le bois m'arracha à ma transe. Je tournai vivement la tête vers la proue et mon cœur fit une embardée. J'étais arrivée. Mon comité d'accueil était là, sur le ponton qui oscillait doucement.

Un comité formé d'une seule personne, en l'occurrence. Nick.

Il me regardait, les bras croisés, visage fermé et indéchiffrable comme à son habitude. La sensation de familiarité s'arrêtait là, toutefois. Ma bouche s'asséchait et ma peau se mit à me picoter de façon singulière à mesure que je détaillais le reste du personnage. Sa tignasse d'ordinaire impeccable était plus longue que la normale et tout ébouriffée. Au lieu du sempiternel costume sur mesure, il portait un short de bain turquoise, imprimé de fleurs tropicales par-dessus le marché. Quant à l'incontournable chemise blanche immaculée aux deux premiers boutons invariablement ouverts, elle avait fait place, incroyable mais vrai, à un polo. Un polo jaune citron…

Je restai saisie à la vue de biceps bronzés et de longues jambes étonnamment musclées. Que se passait-il ? Ces couleurs vives… Ce style décontracté… Était-il malade ? Et où diable étaient passées ses *chaussures* ?

Ces questions déroutantes attendraient. Attribuant résolument mon léger vertige au vol de nuit interminable, je plaquai un grand sourire sur mon visage.

— Salut, Nick.

— Ravi de te voir, Amelia, comme toujours, dit-il en

attrapant avec dextérité l'amarre que lui lançait James pour la tirer vers lui.

Distraite par le jeu des muscles dans le mouvement, je gardai un silence prudent. Je n'aimais pas les mensonges, en règle générale. La relation la plus proche, la plus importante de ma jeunesse – celle que j'avais avec mon père – s'étant révélée un jeu de dupes, je valorisais depuis peu la franchise, même brutale.

Je me retins aussi de lever les yeux au ciel comme chaque fois qu'il m'appelait par mon prénom entier. À trente mille pieds au-dessus de l'Égypte, j'avais opté pour une stratégie simple et mature à la fois en prévision de cette rencontre.

Un, ignorer le passé et se concentrer sur le présent.

Deux, rester pro, quoi qu'il arrive.

Trois, le plus important peut-être, opposer à l'aversion que je lui inspirais un calme olympien. Céder à la tentation enfantine de répliquer reviendrait à me montrer aussi bête et superficielle qu'il s'y attendait.

J'inspirai donc par la bouche et expirai par le nez, profondément, lentement, cela plusieurs fois, jusqu'à ce que l'adolescente boudeuse en moi laisse place à une adulte sereine et digne, et acceptai la main qu'il me tendait pour grimper sur le ponton.

— Merci…

Il me lâcha brusquement et fronça les sourcils à la vue de la valise que James soulevait avec difficulté pour la débarquer à son tour.

— Combien de temps comptes-tu rester ? demanda-t-il tout en se chargeant du fardeau comme s'il ne pesait pas plus lourd qu'une plume.

Je frottai discrètement ma main sur ma jupe pour tenter de dissiper les picotements qui en avaient pris possession.

— Le moins possible, dis-je.

— Tu as là-dedans de quoi tenir des semaines, on dirait.

— Deux, pas plus.

Sortant de sa réserve habituelle, signe que l'idée devait sérieusement le perturber, Nick me jeta un regard inquiet avant de rendre l'amarre à James.

— Deux semaines ?

— Ne t'inquiète pas, je ne compte pas les passer ici.

Jamais de la vie ! Je savais reconnaître quand je n'étais pas la bienvenue. C'était égal, j'avais l'habitude de me débrouiller seule. Je préférais, même. L'expérience m'avait appris la versatilité du genre humain. Les personnes que je croyais fiables, mon petit ami en tête, m'avaient ignorée au moment où j'avais le plus besoin d'elles. Je ne pouvais même pas compter sur ma famille. Du jour où il avait découvert la liaison de ma mère avec son coach sportif, mon père adoré s'était consacré à sa reconquête et avait disparu du paysage. Avec ma mère, j'avais des rapports pour le moins compliqués du fait de mon rôle dans le naufrage de son couple. Quant à mon frère, seul être sur lequel j'aurais pu me reposer vraiment, il vivait à huit mille kilomètres et huit fuseaux horaires de moi – autant dire qu'il était le plus souvent injoignable.

J'avais accepté cette situation et fini par m'y adapter avec le temps. L'autonomie et la solide coque de protection que je m'étais forgée empêchaient quiconque de s'approcher de trop. Je n'avais personne à qui confier mes espoirs, mes craintes, le tumulte d'émotions contradictoires déclenché par mon gain miraculeux au loto, mais les moments de solitude étaient un prix modeste à payer pour préserver ma personne. L'amitié vraie, l'amour romantique et le mariage en particulier, supposaient une confiance que je ne me voyais tout simplement pas nourrir un jour. L'engagement sentimental ne pouvait mener qu'à la confusion, à la douleur, à un cœur en miettes. Il était bien plus facile et plus sûr, pour moi comme pour les autres, de tenir tout cela à distance.

— Je n'avais pas conscience de te l'avoir proposé,

déclara Nick, m'arrachant brutalement à mes ruminations mélancoliques.

Grand bien lui fasse… Des journées entières à calculer ses mots et à s'éviter l'un l'autre ? Non merci. La tension, la gêne auraient été insupportables. Ce n'était pas mon idée du bon temps.

— J'ai réservé une chambre dans un hôtel de Zanzibar, répliquai-je.

Dans le *meilleur* hôtel de Zanzibar, rectifiai-je en mon for intérieur. Un alliage heureux, à en croire le site Internet, de minimalisme scandinave et de Moyen-Orient au cœur de vingt hectares de jardins tropicaux luxuriants. Là m'attendaient, pour mes premières vacances à l'étranger depuis huit ans, deux semaines de paresse et de bien-être avec bar extérieur, deux piscines à débordement et bungalow livré avec un majordome dédié. Au lieu de me traîner dans la froidure de novembre vers la papeterie dont j'étais gérante, je trotterais, lunettes noires sur le nez et livre sous le bras, jusqu'à mon bain de soleil. Au menu, siestes à rallonge et massages divins, yoga au petit déjeuner, langouste au dîner, et entre les deux, bronzette…

Comme avant.

Enfin, pas tout à fait. Avant, j'aurais aussi prévu de plonger avec mon père, pour glisser parmi les poissons et le corail dans le silence soyeux de l'eau turquoise toute chaude par dix mètres de fond, sereine et confiante du fait de la connexion étroite qui nous liait. Du moins, je l'avais imaginée étroite jusqu'au jour fatidique où j'avais découvert que mon père n'était pas le héros que je croyais, que le lien unique que nous partagions n'était qu'une illusion et que je ne le connaissais pas du tout, en réalité.

Il n'empêche, j'avais hâte.

— L'hélicoptère viendra me chercher dans une heure, expliquai-je à Nick, refoulant le chagrin qui m'aveuglait encore quelquefois, sept ans, six mois et vingt et un jours après la crise cardiaque fatale à mon père.

— Bien, dit-il. Plus vite nous aurons clarifié ce que tu attends de moi, plus vite tu repartiras et mieux ce sera.

Là-dessus, il me tourna le dos pour remonter le ponton, ma valise à la main.

Je mis quelques secondes à me mettre en marche à mon tour, l'écho de ces paroles résonnant dans mes oreilles, un peu sonnée. La franchise brutale, après réflexion, était peut-être légèrement surfaite.

2.

Le court trajet sur un sentier de sable sinuant à travers une végétation dense jusqu'à la maison de Nick me laissa le temps de soupeser ma réaction bizarre en lui serrant la main, mais aussi ce serrement de cœur après sa dernière réplique.

La première, ma foi, se comprenait aisément. Nick et moi nous connaissions depuis dix-huit ans, mais je n'avais pas le souvenir d'un seul contact physique avec lui. C'était assez étonnant, puisque j'étais d'un tempérament plutôt tactile, mais Nick, à l'adolescence, dégageait en permanence une tension réfrigérante ; et depuis le fameux après-midi piscine le jour de mon seizième anniversaire – au cours duquel j'avais fichu en l'air toute possibilité d'une amitié entre nous –, le moindre frôlement de peau se serait soldé par une engelure.

Ces derniers temps, lors des rares occasions où mon frère de passage à Londres depuis les États-Unis nous réunissait, nous nous en tenions à un vague hochement de tête en guise de salut et gardions nos distances. Il était donc normal qu'un contact furtif mais authentique, et sans froidure associée, arrive comme un choc. J'en frémissais encore.

Mon dépit en l'entendant me dire qu'il n'avait aucune envie que je m'attarde ici me tracassait davantage. Comme si son opinion avait de l'importance ! Vraiment, je n'en avais rien à faire. Son mépris envers ma frivolité ne se justifiait plus aujourd'hui. Je n'étais plus une enfant gâtée égocentrique.

Si Nick était incapable d'accepter cela et d'évoluer, c'était son problème, pas le mien !

Il n'empêche, ainsi exprimée à voix haute, l'antipathie que je lui inspirais devenait réelle et sans équivoque et cela faisait mal. Peut-être étais-je devenue susceptible. Le stress du moment, l'absence de soutien, qui me pesait plus que d'habitude… J'avais réagi trop vite et perdu de vue l'essentiel – m'adjoindre l'aide de Nick pour gérer cette fortune tombée dans mes mains et source de tant de problèmes déjà.

Sur la fin du sentier la végétation devint plus clairsemée. Bientôt apparut devant mes yeux éblouis une vaste villa d'un étage en bois peint d'un blanc éblouissant, dont les grandes fenêtres et baies vitrées reflétaient les rayons du soleil. De hauts piliers supportaient une véranda abritant une longue terrasse ombragée par les feuillages, face à une piscine hors-sol immense, rectangulaire, aux parois en verre. Je crus voir un cube de cobalt en suspension. Tout autour, une large étendue d'herbe vert émeraude s'étirait jusqu'à la plage et la mer étincelante. De hauts palmiers bruissaient dans la brise, des fleurs généreuses aux couleurs éclatantes jaillissaient de pots disposés un peu partout sur le terrain.

Un paradis tropical, parmi les plus beaux que j'aie connus, et j'en avais visité plus d'un…

— Très jolie maison, dis-je, prise d'un léger vertige, en grimpant à la suite de Nick les marches en bois menant à la véranda.

— Oui, elle me plaît bien.

— Je comprends que tu choisisses de passer tes hivers ici.

— Je n'aime pas le froid.

— Vraiment ? Un chocolat chaud, un bon feu de cheminée, du cachemire… Que demander de plus à la vie ?

— L'hiver, ce n'est pas cachemire et chocolat chaud pour tout le monde, répliqua Nick d'une voix dont le timbre vibra jusque dans mon ventre et amena sur mes joues une rougeur qui ne devait rien à la chaleur.

Bien sûr ! Quelle idiote. Nick venait d'un milieu plus que modeste. Je me remémorai une confidence de mon frère, des années plus tôt, je devais avoir treize ans. « La maman de Nick doit souvent choisir entre manger et se chauffer. » Incapable d'assimiler une situation pareille et, en toute honnêteté, assez peu intéressée par le copain maigrichon et taciturne de Seb, j'avais haussé les épaules et vite oublié cette histoire. Un des nombreux moments dont je n'étais pas fière.

— C'est vrai, dis-je. Sans compter que le cachemire attire les mites, paraît-il.

Nick me jeta un bref regard incrédule et pénétra dans une cuisine lumineuse de la taille de l'appartement exigu en banlieue londonienne que je partageais avec deux colocataires. Il abandonna ma valise dans un coin et se dirigea vers une rangée de placards lustrés s'étirant sur un mur entier.

— Aimerais-tu boire quelque chose ?

Un gin tonic au romarin bien tassé, me dis-je en posant mon sac à main sur l'immense îlot central de bois clair avant de me percher sur un tabouret. De quoi étancher la soif et apaiser mes nerfs… Seulement il n'était même pas midi et je n'avais pas besoin de baisser un peu plus dans l'estime de Nick alors que j'avais terriblement besoin de son aide.

— Un café, ce serait bien, merci.

Il se tourna vers une machine affichant une profusion de boutons et de gicleurs, de taille à tourner en orbite autour de la Terre. Tandis qu'elle chuintait doucement, je profitai de ce moment de pause pour observer mon hôte à la dérobée.

Son look décontracté n'en finissait pas de m'étonner. Normal, les dernières fois où nous nous étions croisés, Nick arrivait directement du bureau. Difficile de l'imaginer autrement qu'en costume. En outre nous n'étions pas seuls. Distraite, sans doute, je n'avais jamais remarqué sa carrure joliment découplée cachée sous la laine fine, ni ses bras musclés sous la chemise dont il retroussait pourtant les manches dès qu'il retirait sa veste.

Je ne l'avais jamais vu non plus aux prises avec une tâche aussi triviale que verser une cuillerée de sucre dans un *macchiato*. Son économie de mouvements avait quelque chose de fascinant. Et ces mains ! Si le contact de cette paume sur la mienne pouvait faire crépiter mon bras jusqu'à l'épaule, quel effet produirait-elle sur d'autres parties de mon anatomie, ma taille par exemple, mes cuisses… Mes seins ?

Dans ma tête surgit soudain une image de Nick lâchant la cafetière pour se retourner et m'écraser contre lui. Ma bouche s'assécha, l'air me manqua. Je m'empourprai violemment.

Que m'arrivait-il, bon sang ? Chassant tant bien que mal cette vision choquante de mon esprit, je bataillai pour me ressaisir. Allons ! Jamais je n'avais fait de fixation sur les mains de Nick jusque-là. Jamais l'idée de me retrouver dans ses bras, écrasée ou même en douceur, ne m'avait traversé l'esprit.

Enfin, plus depuis des années, du moins…

Alors, pourquoi maintenant ?

Objectivement, il avait un physique à tomber. L'adolescent rachitique était devenu un athlète d'un bon mètre quatre-vingts avec un beau visage aux traits forts, virils. Un modèle de grand brun sexy. Et je n'étais pas la seule à le savoir, à en juger par le nombre de photos circulant sur les réseaux sur lesquelles il s'affichait avec une femme à son bras, chaque fois différente.

Seulement, c'était Nick. Un type éternellement à vif, réprobateur, la critique facile. Donc absolument *plus* mon type.

— Voilà pour toi !

Je tressaillis, abasourdie par le tour que prenaient mes pensées. Une tasse délicieusement parfumée était posée devant moi.

— Tu te sens bien ? demanda Nick, les sourcils froncés.

Non ! Je ne me sentais pas bien du tout. J'avais clairement perdu la tête. Je devais pourtant me reprendre, car il avait, lui, l'esprit aiguisé. S'il se doutait des idées qui me traversaient… Je n'osais imaginer sa réaction.

— Très bien, répondis-je avec un sourire forcé en m'éventant les joues. Cette chaleur… Je ne suis pas habituée. Et je viens de passer vingt-quatre heures assez éprouvantes.

— Tu devais être vraiment désespérée pour te lancer si vite dans un tel périple vers l'autre bout du monde.

S'il savait à quel point j'étais au fond du trou !

Un moment, je me demandai s'il prenait plaisir à me voir dans cette posture de suppliante. Mais au fond, je doutais que cet homme prenne plaisir à quoi que ce soit. Si oui, je n'en avais jamais été témoin. Je n'avais prêté qu'une attention distraite à ces fameuses photos, bien entendu, mais… Il n'exprimait jamais qu'indifférence, même en compagnie d'une blonde canon.

— En effet, dis-je en toussotant. Dès réception de ton courriel j'ai sauté dans le premier avion.

— J'en suis flatté.

— Tu ne m'as pas vraiment laissé le choix.

À la vérité, une fois surmontée mon indignation devant cette convocation péremptoire, l'aventure n'avait pas été si désagréable. J'avais opté pour un voyage en première classe qui s'était révélé aussi agréable que dans mon souvenir. Le salon à l'aéroport. Le service personnalisé. Le confort, le silence et le champagne servi à discrétion. Toutes choses que je tenais pour acquises à une époque, comme je l'avais compris pendant un vol *low cost* vers l'Écosse – quand bien même rien de tout cela ne permettait d'arriver plus vite à destination.

Ce choix m'avait coûté cher, et plus encore une fois réglé le supplément pour l'empreinte carbone que ma culpabilité m'avait poussée à choisir. Toutefois ce n'était plus un souci pour moi. Sur le plan financier j'étais tranquille désormais.

À condition bien sûr d'éviter les escrocs lancés à mes trousses… Cette seule pensée me donnait des sueurs froides.

— Merci néanmoins d'avoir accepté de me voir, repris-je, me remémorant ma détermination à rester professionnelle, maîtresse de moi-même – tout sauf une jeune écervelée. Tu es sûrement très occupé, je m'en veux déjà de te déranger…

Nick s'adossa au comptoir et croisa les bras sur son torse avantageux.

— Si tu me disais ce que tu attends de moi avant que ton hélicoptère n'arrive ? L'heure tourne, ajouta-t-il après un bref coup d'œil à sa montre.

Il avait raison. J'étais là pour une raison et une seule, après tout. Je pris mon élan.

— Il y a six semaines, dis-je, j'ai gagné cent huit millions de livres au loto.

Pour toute réaction, Nick haussa à peine un sourcil. Il était plus familier que moi sûrement de ces sommes astronomiques. Pour lui un tel gain ne changerait pas grand-chose… Moi, j'avais failli m'évanouir en apprenant la nouvelle.

— De quoi s'acheter beaucoup de sacs à main, commenta-t-il.

La pique me hérissa, mais au prix d'un effort héroïque je parvins à répondre sur le même ton détaché :

— Tout dépend du sac. J'ai d'autres projets, cependant.

— Lesquels ?

— C'est compliqué. D'où ma venue. J'ai besoin de ton aide.

Il garda le silence un moment, puis me lança un regard en biais.

— Ah. *Maintenant* tu as besoin de mon aide ?

Évidemment.

Je me doutais que le sujet referait surface tôt au tard. C'était une des raisons pour lesquelles je n'avais pas sollicité ses conseils aussitôt après la nouvelle de mon gain…

Peu après le gel des avoirs de mon père, qui avait entraîné la saisie de mon appartement-terrasse londonien et l'interruption immédiate à la fois de mes études à Zurich et de mon allocation mensuelle, Nick, dont la carrière s'envolait dans l'institution financière qu'il avait rejointe en quittant Cambridge, m'avait proposé un prêt. Un gros. Anéantie, humiliée, complètement déstabilisée par ce tsunami dans ma vie, j'avais refusé tout net, convaincue que ma chute l'emplissait de satisfaction perverse. Il l'avait très mal pris. Il avait même rejeté par la suite mes excuses tardives. Depuis, c'était la guerre froide entre nous.

— Cette ironie du sort ne m'échappe pas, répliquai-je, le feu aux joues, en m'agitant sur mon tabouret.

— Pourquoi avoir autant tardé ?

— Je pensais réussir à me débrouiller seule. Mais des requins se sont mis à tourner autour de moi et j'ai changé d'avis.

— Que s'est-il passé ?

— J'ai failli acheter une île qui n'existait pas.

— Ça ne m'étonne pas.

Je fermai les yeux. Oui, je m'étais conduite comme une imbécile, et cela m'accablait d'autant plus que je pensais sincèrement avoir laissé derrière moi la naïveté de mon adolescence.

— Pitoyable, n'est-ce pas ? murmurai-je.

— D'après mon expérience, les gagnants du loto sont particulièrement exposés aux arnaques. Le choc ébranle le bon sens.

— C'est peu de le dire… Je n'arrive plus à aligner deux pensées cohérentes depuis des semaines.

— Aucun de tes interlocuteurs chez l'opérateur de la loterie ne t'a prévenue qu'il ne fallait rien faire avant de prendre conseil ?

— Si, répondis-je avec un soupir. Des conseils m'ont été donnés, mais mauvais. J'avais demandé l'anonymat et n'en avais parlé à personne, hormis ma mère et mon frère. Cela n'a pas empêché une avalanche de propositions. Je n'ai pas pensé une seconde que la nouvelle avait pu se répandre malgré tout et que certaines de ces offres étaient tout sauf désintéressées. J'aurais dû, je sais.

— Qu'est-ce qui t'a poussée à stopper la transaction ?

Je me remémorai ma panique à l'idée d'avoir été piégée, les crampes dans mon ventre, le cœur à l'envers.

— Seb. Il m'a dit que tout ce qui semblait trop beau pour être vrai était probablement faux. Je lui ai transféré les détails de l'offre, il a mené l'enquête dont j'aurais dû me charger moi-même et il a découvert que c'était une arnaque.

— Tu as de la chance de l'avoir…

— C'est lui qui m'a suggéré de te contacter. J'aurais dû le faire il y a des semaines. Je sais que tu es le meilleur dans ton secteur d'activité.

— Qu'est-ce qui t'en a empêchée ?

— Quelque part, j'étais sûre que tu refuserais.

— Pourquoi ?

Je le regardai, incrédule. Il ne savait pas, vraiment ? Il ne pouvait ignorer pourtant l'histoire tourmentée que nous partagions et cette hostilité larvée entre nous qui rendait l'ambiance si pesante dès que nous étions en présence… Ce n'était pas le fruit de mon imagination, tout de même ?

— Ma foi, dis-je, nous ne sommes pas exactement amis, n'est-ce pas ?

— Hors de propos, trancha Nick en se rembrunissant.

— Vraiment ?

— Je ne mélange jamais le privé et le professionnel.

— Alors, tu vas m'aider ?

Il hocha la tête.

— Je vais t'aider.

3.

Nick semblait sincère et déterminé. Seb ne s'était donc pas trompé ! Son ami était bel et bien disposé à faire passer le profit avant ses sentiments personnels de toute évidence hostiles et les petites vengeances mesquines. À moins qu'il ne se sente en dette vis-à-vis de ma famille ? C'était peut-être une façon pour lui de renvoyer l'ascenseur après les vacances et les nombreux week-ends passés chez nous… Mais peu m'importaient ses motivations, il était prêt à m'aider, grâce à Dieu !

Je n'avais pas vraiment mesuré à quel point tous ces événements m'avaient secouée. Depuis mon gain au loto mon autonomie chèrement acquise ne m'avait pas aidée, au contraire. Je ne comptais plus les nuits d'insomnie passées les yeux rivés au plafond, l'angoisse au ventre. Cent huit millions de livres, c'était une somme inconcevable, terrifiante, et je n'avais personne à qui me confier. Je me sentais si seule…

Jusqu'à aujourd'hui.

J'avais maintenant à mes côtés le plus improbable des chevaliers servants et mes défenses se lézardaient devant ce petit miracle. Nick prendrait soin de ma fortune. Il ne me plumerait pas – de l'argent, il en avait plus qu'assez sur son propre compte en banque. Sur ce point tout au moins, je pouvais lui faire confiance. Quel soulagement ! Presque une délivrance. Dans l'euphorie, tous mes muscles se détendaient, les nœuds à l'estomac lâchaient l'un après l'autre, libérant le tumulte d'émotions que je contenais vaille que vaille depuis des semaines…

Je me sentis soudain comme emportée dans une tourmente, la tête à l'envers, le souffle court. Je portai une main tremblante à mon cœur qui tambourinait sous mes côtes. Mon sang-froid s'effilochait. J'étais à deux doigts de craquer et de fondre en larmes, éperdue de reconnaissance, face à un type qui me tenait déjà pour une fille superficielle et dégénérée…

La voix grave de Nick perça soudain le brouillard.

— Tu vas te mettre à pleurer, là ?

Je le devinai horrifié. Cela stoppa net le chahut dans mes émotions. Je ravalai la boule coincée dans ma gorge et inspirai à fond avant de me redresser, ma tasse encore chaude à la main.

— Non, non, balbutiai-je. Bien sûr que non.

— Tu en es sûre ?

— Absolument.

Il s'en était fallu d'un cheveu, mais Nick n'étant pas du genre à vous prêter son épaule pour pleurer dessus, le danger était écarté. Il avait choisi le moment idéal pour manquer d'empathie et cette froideur avait fait merveille.

— Bien, dit-il. Alors, que comptes-tu faire de ton argent ?

Parfait. Ce terrain-là était plus sûr. Le concret, les aspects pratiques, les plans, la logistique… Tout cela, je me sentais capable de le gérer d'autant mieux que je réfléchissais depuis un bon moment aux différentes options qui s'offraient à moi.

— D'abord, dis-je, j'aimerais acheter une maison.

— Tu pourrais en acheter une dizaine…

— Une seule me suffira.

— Un manoir de deux étages à Chelsea, avec un garage prévu pour un parc automobile entier ?

Réplique du foyer de mon enfance, donc… Était-ce une pique de plus que Nick m'adressait là ? Je l'étudiai un moment. Difficile de savoir. Son visage demeurait impénétrable.

— Je ne suis pas sûre que le propriétaire d'une île paradisiaque dans l'océan Indien ainsi que d'appartements-terrasses éparpillés dans une demi-douzaine de capitales tout autour du globe soit bien placé pour me juger, répliquai-je, les dents serrées.

— Qui te juge ?

— Toi, comme d'habitude.

Nick fronça les sourcils.

— Comme d'habitude ?

— Oui.

— Je vais reformuler ma question…

— Ne te donne pas cette peine. Mon choix n'est pas encore arrêté, ni sur la maison ni sur l'endroit précis. Il me faudra simplement de l'espace, un jardin et pas de colocataires.

— Quoi d'autre ?

— J'aimerais que ma mère reçoive de quoi vivre correctement jusqu'à la fin de ses jours.

L'air étonné de Nick aggrava mon irritation.

— Tu recommences ! m'écriai-je.

— Tu exagères…

— Et bientôt tu vas me traiter d'hystérique !

Nick leva les yeux au ciel.

— Je suis juste surpris.

J'aurais pu m'en offenser. Néanmoins, sa surprise était compréhensible. Ma mère et moi nous parlions à peine depuis les obsèques de mon père. Nos rapports étaient compliqués. En monopolisant l'attention de mon père, petite, j'avais interféré sans le vouloir dans leur relation. Ma mère en avait conçu de la jalousie et du ressentiment, qui l'avaient amenée à nouer une liaison extraconjugale. En fin de compte, j'avais séparé mes parents et brisé leur mariage. Et si ma mère avait démontré un courage remarquable face à l'adversité après la disgrâce, puis le décès de mon père, assurer sa sécurité financière était le moins que je puisse faire pour elle. Avec un peu de chance, cela apaiserait la culpabilité qui me tourmentait encore certains jours.

— On ne s'entend pas très bien, mais elle reste ma mère, dis-je.

— Je peux trouver quelques idées pour ce projet.

— Cela me rendrait service, oui.

— Et Seb ?

— Il est catégorique, il ne veut rien pour lui, répondis-je, me remémorant notre échange au téléphone et son rejet de mon offre de versement, qui m'avait blessée. Mais je sais qu'il cherche à développer son entreprise. Investir dedans serait une façon de l'aider.

Après l'université Seb avait choisi de travailler à San Francisco, au cœur de la Silicon Valley. Deux ans plus tard, il avait créé sa propre société d'édition de logiciels. Soit au pire moment… À peine informés des ennuis financiers de notre père, ses investisseurs potentiels s'étaient dépêchés de quitter le navire. Si Nick ne s'était pas aussitôt proposé pour fournir le capital, lui aussi aurait fait faillite.

— D'accord, commenta sobrement Nick. Quoi d'autre ?

— Que me conseillerais-tu ?

— Un portefeuille d'investissements diversifiés à court, moyen et long terme.

— Entendu. Je suis ouverte à tout, pourvu qu'on évite les imprudences.

Ce n'était guère excitant, et alors ? C'était raisonnable, et la raison avait beaucoup de charme à mes yeux ces temps-ci.

Mon père, alors qu'il se trouvait déjà sur une pente glissante avec des pertes croissantes, avait pris des risques inconsidérés dans l'espoir de se refaire. Avec un résultat catastrophique. Foncer droit dans le mur à mon tour ? Non merci.

— L'imprudence, que ce soit sur le plan personnel ou professionnel, n'est pas mon fort.

En effet, Nick était l'être le plus posé, le plus flegmatique

que je connaisse. Quelquefois cela me donnait envie de le provoquer juste pour voir ce qui se passerait s'il était poussé à bout. Un miracle que je n'aie jamais cédé à la tentation.

— Je suis ravie de l'entendre.

— As-tu envisagé des donations à des organismes caritatifs ?

— J'ai une liste assez longue. Je te l'enverrai par courriel.

— As-tu conservé ton travail ?

— Pour le moment, oui. Je tiens une papeterie. Un job pas exactement révolutionnaire, mais qui m'a donné un cadre et une motivation lorsque j'en manquais cruellement. Je me sens une forme de loyauté envers lui. Je m'entends bien avec mes collègues et à ce jour, c'est la seule chose de stable dans ma vie.

— Étais-tu sérieuse au sujet de l'île ?

Ah ! L'île…

Un rêve que je chérissais depuis des années. Exactement depuis mes premières plongées avec mon père. Il était à l'origine de mes études en biologie marine et il était parti en fumée en l'espace de vingt-quatre heures, lorsque j'avais dû quitter l'université avant l'heure et trouver vite un travail de nature à combler lentement mais sûrement le déficit de ma carte de crédit.

À une époque je scrutais des cartes, épluchais des données, compilais des listes et calculais des coûts. Je savais tout, absolument tout, sur les espèces marines et les écosystèmes en péril. Mes recherches occupaient des cartons entiers d'archives auxquels je m'étais accrochée pendant des mois avant de finir par les jeter à regret, le cœur en miettes.

— Très sérieuse, dis-je, songeant au dossier récemment créé sur mon ordinateur, dans lequel je compilais des idées sur les projets qui me tenaient à cœur et qui étaient désormais accessibles, pour peu que je ne fiche pas tout en l'air – ce qui était hélas encore possible. J'ai dans l'idée de créer un sanctuaire marin, moyennant l'embauche de spécialistes pour construire des récifs coralliens et mettre en œuvre des programmes de culture sélective. Quelque chose de ce genre. Mais je ne sais absolument pas comment m'y prendre.

Je m'attendais plus ou moins à ce que Nick éclate de rire, jugeant ce projet trop ambitieux pour une fille sans expérience. Raison pour laquelle j'étais restée délibérément vague sur mes plans.

— Je vais étudier la question, déclara-t-il.

Le poids qui m'écrasait la poitrine s'envola si soudainement que j'eus la sensation de flotter.

— Merci ! dis-je avec élan. Tu n'oublieras pas de m'envoyer un contrat.

— Un contrat ? répéta Nick d'un air perplexe.

— Avec tes conditions. Tes tarifs.

Sa mâchoire se contracta comme si je l'avais offensé.

— Bien sûr, grommela-t-il. Laisse-moi une petite semaine pour rédiger une proposition. Je te ferai signe lorsque j'aurai terminé. Pour le moment, ton taxi est arrivé, ajouta-t-il, s'arrachant au comptoir et raflant ma valise alors que le bruit des pales d'un hélicoptère en approche enflait au-dehors.

Sept jours plus tard, attablée face à la mer étincelante, repue après avoir dégusté un plateau de langoustines suivi d'une salade de mangue et papaye fraîches, je m'octroyai une gorgée de *limoncello* en guise de digestif. Puis je me renversai contre mon dossier pour regarder les jet-skis filant à travers la baie et les yachts dérivant à l'horizon sous le ciel azur parsemé de nuages blancs dodus.

Tandis qu'une douce langueur m'envahissait, je me dis que j'avais visé juste en descendant dans le meilleur hôtel de Zanzibar. Toutes les promesses du site étaient remplies. La nourriture, composée de produits locaux, de saison et délicieusement épicés, était exquise. Ma villa offrait luxe et confort ultimes et j'avais passé des heures dans le havre de paix du spa, à me laisser chouchouter. J'avais plongé tous les jours et mon bronzage prenait forme. Le temps s'écoulait au ralenti, effaçant peu à peu le stress des deux derniers mois.

Bien sûr, il aurait été plus distrayant d'avoir quelqu'un ici avec qui partager tout cela, et mes repas en solitaire commençaient à perdre de leur charme, mais au moins je pouvais faire ce qui me chantait sans me demander sans arrêt si ce quelqu'un s'intéressait à moi ou à mon argent.

Si le luxe extravagant du lieu me semblait un peu écrasant, les manières de la clientèle aisée ostentatoires et parfois franchement obscènes, c'était juste que j'en avais perdu l'habitude. Plonger, avec les sentiments mêlés envers mon père que cet exercice m'inspirait, deviendrait plus facile avec le temps, aucun doute. Bientôt je cesserais de penser que tout cela coûtait très cher et que cet argent pourrait être mieux employé ailleurs. J'en avais largement assez pour ne plus m'en soucier et maintenant que Nick était à mes côtés, il était entre de bonnes mains.

La veille, mon nouveau conseiller financier m'avait fait parvenir par courriel un rapport de dix pages. J'avais parcouru rapidement pendant le dîner tableaux, chiffres et recommandations avec l'intention de les étudier de plus près au cours des prochains jours. Néanmoins, j'avais subitement pris conscience que je pouvais très bien survoler les détails, sachant que ma fortune serait gérée avec le plus grand soin. Si je n'appréciais guère l'attitude de Nick envers moi, l'homme était franc du collier. Il n'avait jamais fait mystère de la mauvaise opinion qu'il avait de mon intelligence, sans mâcher ses mots. En un sens, cette honnêteté me rassurait. J'étais sûre de pouvoir lui confier mon argent en toute sérénité.

Le son du vibreur me tira brutalement de ma rêverie. Je posai mon verre et saisis mon portable. Nick ? Il m'appelait sûrement pour discuter de son rapport. Une décharge d'adrénaline se répandit dans mes veines. Je décrochai aussitôt.

— Allô ?

— Amelia, dit Nick d'une voix tendue. Tu vas bien ?

— Très bien, répondis-je, un peu étonnée de l'émotion qui m'agitait jusqu'au moment où je pris conscience qu'on ne s'était encore jamais parlé au téléphone. Pourquoi est-ce que ça n'irait pas ?

— As-tu parlé avec ta famille ?

— Non. Voilà des jours que je n'ai parlé à personne. Pourquoi ?

— Alors tu n'as pas vu les gros titres des journaux ?

— Quels journaux ?

— Laisse tomber, marmonna Nick avant de raccrocher.

Je restai un moment ahurie, mon portable à la main. Que se passait-il ? Je n'avais jamais senti Nick aussi nerveux. Il semblait presque déstabilisé.

Quelque chose n'allait pas. Le cœur battant, je fixai l'écran d'accueil. Est-ce qu'un de mes proches avait eu un accident ? À quels gros titres faisait-il allusion ? Et d'abord, pourquoi avais-je soixante-dix-huit courriels dans ma boîte, alors qu'il n'y en avait aucun une heure plus tôt ?

Un quart d'heure plus tard, j'avais la réponse aux questions qui se bousculaient dans ma tête. D'une manière ou d'une autre, la nouvelle de mon gain au loto avait fuité. En des circonstances ordinaires elle aurait mérité un paragraphe en page 12, mais les événements survenus dans ma famille huit ans plus tôt l'avaient propulsée à la une, assortie de liens vers des avis et analyses.

Tout était là, étalé partout. Des photos éculées de mes années d'insouciance adolescente. Des commentaires cinglants sur les privilèges et la fragilité de la nature humaine. Des messages flagorneurs émanant de personnes avec lesquelles je n'avais plus aucun contact depuis des années. Autant de rappels violents d'une époque douloureuse…

Et soudain, comme si c'était arrivé la veille, les souvenirs affluèrent en cascade, les uns après les autres. Le choc ressenti face à la perte de mes revenus et de mon statut. Pire encore, la dégringolade de mon père du piédestal sur lequel je l'avais placé. La remise en question de tout ce que je croyais solide, réel, dans ma vie. Les moqueries cruelles de parfaits inconnus et la fuite de mes prétendus amis. La culpabilité, l'humiliation… Les répercussions de la catastrophe, directes et indirectes, qui n'en finissaient plus, bien après l'accalmie médiatique…

Cette fois, en plus de la curiosité du public vis-à-vis de mon passé, il y avait des remarques sur l'injustice du destin. Des photos de l'immeuble où je logeais aujourd'hui en jouxtaient d'autres du manoir de Chelsea de mon enfance, accompagnées des légendes fielleuses de rigueur. Les reporters avaient même débusqué mes collègues de travail, qui n'étaient pas au courant de mon gain. Mon silence les blesserait, peut-être. Ils ne comprendraient pas. Aucun d'eux n'avait commenté la nouvelle, mes colocataires non plus, mais ce n'était qu'une question de temps…

Comme l'arrivée ici de la meute des journalistes.

Combien de temps me restait-il avant l'assaut ? Dans mon expérience, le répit se comptait en heures plutôt qu'en jours. À la pensée de ce qui m'attendait, les railleries, le mépris, la pression de tous les instants, le *limoncello* vira à l'aigre dans mon estomac. Une brise tiède agitait doucement les palmiers, pourtant je ne respirais plus qu'avec difficulté, mes mains tremblaient. Le paradis était devenu vénéneux.

En sueur, une boule d'angoisse dans le ventre, je regagnai ma chambre dans un état second. Je tentai de joindre d'abord Seb puis, dans un accès de désespoir assez inexplicable, ma mère. Dans les deux cas je tombai sur le répondeur. En raccrochant je me sentis seule, terriblement seule, vulnérable et si pathétique…

Que faire, bon sang ?

Je ne pouvais pas rester là. Il était peu probable que les autres clients me reconnaissent, mais j'étais une cible rêvée pour des paparazzis en planque sur un bateau avec un téléobjectif. Partir, donc… mais où ? Chez moi, c'était exclu. Je serais assaillie. Personne ne serait là pour m'aider à l'arrivée, de toute façon. Seb se trouvait à l'autre bout du monde, quant à ma mère… Je ne comprenais toujours pas pourquoi je l'avais appelée.

J'avais besoin de temps pour me ressaisir, rassembler mes idées, mon énergie. Cela dans un abri sûr, où je serais accueillie et protégée, à défaut d'être la bienvenue…

Une lueur clignota soudain dans l'obscurité. Je n'étais pas si seule que cela, en réalité. Je me remémorai la détermination de Nick à me venir en aide pour gérer ma fortune toute neuve. Seb avait-il vu juste sur ce point aussi ? Nick était-il l'homme dont j'avais besoin en cet instant ?

Il le fallait… Je n'avais personne d'autre.

Nick décrocha dès la première sonnerie.

— Veux-tu que je vienne te chercher ? demanda-t-il d'emblée sans perdre de temps en politesses.

Je déglutis, maudissant l'angoisse qui m'étranglait, maudissant mon désespoir et ma dépendance, surtout vis-à-vis de lui.

— Si cela ne t'ennuie pas trop…

— Je serai là dans une heure.

4.

À notre retour sur Suza les nuages s'étaient drôlement épaissis. Pour le reste, le trajet ne me laissa aucun souvenir. Hébétée, le moral à zéro, j'avais déjà à peine conscience de mes mouvements en bouclant ma valise à l'hôtel puis en réglant ma note à la réception, encore moins du décor ou de l'homme qui avait littéralement volé à mon secours. Je n'arrivais plus à articuler un mot. Les pensées vrombissaient dans ma tête à la même vitesse que le moteur de la vedette qui nous emmenait, ma valise et moi, vers une sécurité toute relative. Même la houle jouant avec la coque ne parvint pas à me distraire du chaos qui faisait rage dans mon être.

Comment tout cela pouvait-il me tomber dessus encore une fois ? Où trouver la force, le ressort nécessaires pour m'en sortir de nouveau ? Pouvais-je seulement espérer que dans ce monde gouverné par les réseaux sociaux, les gros titres d'aujourd'hui serviraient bientôt à emballer le poisson ?

Je me laissai guider jusqu'à une élégante chambre d'amis. Nick avait posé ma valise à côté du lit géant. Des larmes de frustration me piquaient les yeux, chaque cellule de mon corps semblait au bord de la désintégration. Pas question pour autant de craquer devant mon hôte. Il partirait en courant, exaspéré par cet étalage d'émotion déplacé, et ce serait un sujet d'embarras de plus à gérer.

— Je vais te laisser t'installer, dit-il, les dents serrées.

Je comprenais parfaitement son irritation. Ma présence ici était un désagrément dont il se serait volontiers passé.

— Je suis navrée, murmurai-je.

Nick me jeta un regard noir.

— En quoi est-ce ta faute ?

— Je suis l'unique responsable, non ?

— Absolument pas.

— Tout indique le contraire, pourtant. C'est moi qui menais une vie frivole et superficielle et qu'on photographiait régulièrement titubant hors d'un taxi, avant la disgrâce. Et aujourd'hui c'est encore moi qui détiens le ticket de loto gagnant. Merci d'être venu à mon secours. Je n'avais personne d'autre à appeler.

À ces mots, une étrange lueur traversa le regard de Nick.

— Pas de problème, dit-il avant de tourner les talons. Si tu as besoin de quoi que ce soit, fais-moi signe.

Je me sentis un peu mieux après avoir sangloté un bon coup et pris une douche, mais il faudrait bien davantage pour apaiser mes tourments. Cette dernière péripétie était tout simplement impossible à gérer pour ma pauvre cervelle déjà passablement chahutée par les événements récents.

Comme par solidarité, mes yeux bouffis et mon nez rouge offraient un défi insurmontable à mon maquillage. Anéantie par mon reflet dans le miroir, je fus très tentée de rester terrée dans ma chambre jusqu'à trouver un sens à tout ce qui se passait et me composer une façade d'indifférence absolue. Ensuite seulement, je serais prête à affronter mon hôte récalcitrant… Seulement cela pouvait prendre des jours et l'idée de rester seule une minute de plus avec mes idées noires m'était insupportable. J'étais tout près de m'effondrer. Nick m'avait dit de lui faire signe si j'avais besoin de quelque chose ; là, maintenant, c'était une diversion qu'il me fallait.

J'avais déjà expliqué à Seb par texto où je m'étais réfugiée. Lire les centaines de courriels qui continuaient à affluer me rebutait presque autant que de parcourir la presse. Restait le rapport financier que m'avait fait parvenir Nick. Cela, du moins, méritait mon attention. Après avoir chaussé des lunettes de soleil pour camoufler le carnage, je redressai le menton, puis les épaules, et mis le cap sur le rez-de-chaussée.

En me guidant au son assourdi de sa voix, je le trouvai enfin dans une pièce qui était visiblement son bureau. Planté devant la fenêtre, les yeux sur l'océan, il martyrisait sa tignasse de la main gauche tout en parlant au téléphone d'un ton si coupant qu'il me donna des frissons, en dépit de l'air moite qui pénétrait par la fenêtre et froissait les papiers étalés sur l'immense table de travail en acajou.

— Je veux qu'ils dégagent, coûte que coûte ! Photos, articles, reporters et *tutti quanti*… Débrouille-toi pour que tout ça disparaisse. Immédiatement !

Une fois le téléphone raccroché, il se tourna pour rempocher son portable. À ma vue il se figea et me détailla de haut en bas d'un regard qui me fit un drôle d'effet.

Ma petite robe jaune à bretelles fines, assez courte, me parut soudain bien plus légère et décolletée que lorsque je l'avais enfilée ; et pendant quelques secondes hors du temps, mon souffle s'altéra, mes seins se tendirent sous la robe et une chaleur si intense m'envahit que je crus à une combustion spontanée.

Avant que j'aie pu comprendre ce qui m'arrivait, le regard sombre et tourmenté de Nick atterrit sur mon visage. Le voyant froncer les sourcils, je repris aussitôt mes esprits. Il me fallait attaquer la première pour éviter toute remarque sur ma détresse évidente ou pire, une question du type : « Comment te sens-tu ? », qui m'aurait fait perdre le peu de sang-froid qui me restait.

— Qui était-ce ? demandai-je.

— Le responsable de ma communication.

— Tu parlais de ma situation, là ?

— Oui.

— Je comprends tout à fait ton désir de régler le problème le plus rapidement possible…

— Vraiment ? J'en doute.

— C'est évident, voyons. Plus vite le scandale retombe, plus vite je pourrai rentrer chez moi et te laisser en paix.

À ces mots, une expression indéfinissable se peignit sur ses traits.

— La paix, répéta-t-il tout bas. Ce serait tellement agréable.

Je pinçai les lèvres. Une confirmation de plus que ma présence ici était indésirable…

— Peux-tu vraiment tout régler d'un coup de fil ?

— Deux coups de fil, rectifia Nick. Oui, je peux.

Il avait donc ce pouvoir-là ! C'était presque hallucinant, au regard de l'adolescent gauche et taciturne qu'il était lors de sa première visite chez mes parents. Mais il était milliardaire aujourd'hui et l'argent était roi.

— Je ne peux pas m'empêcher de me demander d'où vient la fuite dans la presse, dis-je en m'avançant dans la pièce pour rajuster sur le bureau quelques feuilles balayées par le vent. Et qui a pu faire le rapprochement entre l'ex-mondaine rebelle Amelia Huntington-Smith et la très ordinaire gérante de papeterie Millie Smith…

— On dirait presque que tu me soupçonnes.

J'ouvris des yeux ronds.

— Quoi ? C'est ridicule ! Tu n'as rien à y gagner et quand bien même nous ne sommes pas spécialement proches, je ne te vois pas prendre une initiative aussi déloyale.

— Je suis soulagé d'avoir ta confiance, déclara-t-il d'un ton sec.

— Pour mon argent, oui. C'est l'essentiel. Il n'empêche, quelqu'un a vendu la mèche.

— Et moi j'ai quelqu'un qui s'occupe de remonter la piste.

— Qui donc ?

— Un enquêteur que j'emploie pour fouiller le parcours

de chacun de mes clients potentiels avant que nous fassions affaire.

— As-tu fouillé le mien ?

— Pas besoin.

Ce ton assuré, presque dédaigneux, me hérissa.

— Tu ne sais pas *tout* sur moi, Nick.

— Je sais que tu ne blanchis pas d'argent.

Je levai les yeux au ciel.

— Et que feras-tu si tu obtiens un nom ? m'enquis-je en soupirant.

— *Lorsque* j'obtiendrai un nom, c'est simple, je ferai en sorte que cette personne ne trouve plus jamais de travail.

— Oh ! murmurai-je, impressionnée malgré moi.

Il ferait cela pour moi, vraiment ? Ou pour ma famille ? Sa dette envers nous n'allait pas jusque-là, tout de même. Néanmoins, c'était le meilleur ami de mon frère et les vrais amis se rendaient service. C'était du moins ce que j'avais entendu dire.

— Merci, Nick.

— De rien.

— Que t'a raconté Seb au téléphone ? demandai-je, essayant de ne pas m'offusquer que mon frère ne m'ait pas rappelée avant de contacter son copain.

Nick afficha une mine ahurie.

— Cela fait des semaines que je n'ai pas parlé avec lui.

— Mais alors… Tu n'agis pas ici en son nom ?

— Pas du tout.

Après réflexion, pourquoi m'en étonner ? Nick avait toujours fait preuve d'initiative. Il n'était pas du genre à rester les bras croisés à attendre que les choses se passent. Sans cela, il n'aurait pas gagné autant d'argent avant la trentaine.

— J'imagine que ton sens inné de la justice l'emporte sur les sentiments, disons… ambigus que peut t'inspirer quelqu'un.

Nick haussa les sourcils.

— Mon sens inné de la justice ?

— Ce n'est pas comme si tu agissais par souci de mon bien-être, n'est-ce pas ?

— Et pourquoi pas ?

— Parce que mon bien-être ne t'intéresse pas plus que le tien ne m'intéresse, je suppose.

Cette dernière remarque parut le prendre de court. Je regrettai presque ma franchise, mais c'était la pure vérité et je ne pus me résoudre à m'excuser.

— Avais-tu besoin de quelque chose, Amelia ? demanda-t-il enfin.

— Je… je pensais que nous pourrions en profiter pour étudier ton rapport financier.

— Maintenant ?

— Si tu as un moment de libre…

— Il faudra bien en passer par là, de toute façon, soupira Nick. Assieds-toi, je t'en prie.

J'obéis tandis qu'il pianotait sur son ordinateur. Tout en regardant l'imprimante cracher des pages, je songeai au ton glacial sur lequel Nick avait donné ses instructions à son responsable de communication, à son air farouche lorsqu'il avait découvert que j'avais pleuré.

Un instant, on aurait pu croire qu'il avait envie de tout déchirer à mains nues. Je ne pus m'empêcher de me demander, en le voyant rassembler les feuilles puis les agrafer, quel effet cela ferait d'avoir à ses côtés un tel allié au soutien indéfectible. Tout devenait possible, sûrement, avec ce genre de renfort prêt à intervenir au moindre pépin. Se lancer dans n'importe quelle aventure, découvrir qui on était vraiment, où était sa place dans le monde.

Cette sensation m'était inconnue. Tant que je n'aurais pas résolu mes problèmes de culpabilité et de défaut de confiance en moi, si enracinés qu'ils faisaient désormais partie intégrante de ma personne et semblaient par conséquent insurmontables, je n'avais aucune chance d'y goûter.

Qu'à cela ne tienne, mon filet de sécurité à moi, c'était l'indépendance. Je n'en avais qu'un, mais il était solide. À quoi bon souhaiter une vie différente ou envier l'aisance des autres dans leurs relations ? Je devais faire avec ce dont je disposais et me concentrer sur un avenir qui de toute façon exigerait tout mon temps et mon énergie disponibles.

Nick me tendit une copie de son rapport, puis il cala son grand corps dans son fauteuil de bureau.

— Est-ce que tu l'as lu ?

— Rapidement.

— Dois-je résumer ?

— Oui, s'il te plaît.

Faisant tourner les pages d'une main et son stylo de l'autre, il commença par reformuler mes souhaits, puis passa à ses suggestions pour leur mise en œuvre. Il se lança dans une description détaillée et ardue d'options d'investissements adaptées assorties de mécanismes fiscaux d'une astuce diabolique, que je suivis un moment avec attention jusqu'à ce que sa bouche me fasse oublier tout le reste.

Fascinée par la manière dont ses lèvres remuaient, je ne parvins bientôt plus à en détacher les yeux. Elles se joignaient, puis se séparaient, révélant une rangée de dents éclatantes et un petit bout de langue tentateur, cela en boucle. Comment n'avais-je pas remarqué plus tôt la sensualité de la bouche de Nick ? Parce qu'elle se pinçait le plus souvent en une ligne sévère en ma présence ? Et pourquoi cette envie soudaine et violente d'en découvrir le goût, ardente et dure sur la mienne, ou légère et taquine, voyageant sur ma peau…

— Amelia.

Je battis des cils et relevai vivement les yeux.

— Oui ?

— Je te demandais si tu avais des questions.

Des questions ? Je n'avais pas capté un mot de son exposé, mais il n'avait pas besoin de le savoir. À l'abri derrière mes verres fumés, j'inspirai à fond et esquissai un bref sourire.

— Non, dis-je. Tout est clair et très complet. Venant du meilleur conseiller financier de la planète, c'était la moindre des choses. Je m'étonne seulement que tu ne m'aies pas encore trouvé une île…

— Une semaine, c'est un peu juste. Je travaille vite, mais pas à ce point.

— Mes faux conseillers ont mis à peine trois jours à m'en proposer une.

Nick haussa un sourcil.

— Et tu n'as pas trouvé ça suspect ?

— C'est difficile à imaginer, je sais, mais le marché immobilier des îles privées n'entre pas dans mes domaines d'expertise, vois-tu.

— Raison pour laquelle tu faisais une cible aussi facile.

— Merci de souligner ce point, dis-je, impavide.

Il se renversa contre son dossier et posa les coudes sur les bras du fauteuil, sans cesser de faire tourner le stylo autour de ses longs doigts bronzés.

— Si tu m'expliquais exactement les projets associés à cette île que tu veux acheter ?

— Je peux t'envoyer le dossier complet, proposai-je en le regardant droit dans les yeux, décidée à oublier et ses mains et sa bouche.

Nick n'avait pas le monopole du soin apporté aux détails. Mon rapport à moi était dix fois plus long que le sien. Il comportait des photos. Des cartes. Des liens. Et même un glossaire qui manquait, après réflexion, dans celui que j'avais sous les yeux.

— Les grandes lignes suffiront, dit Nick.

Vraiment ? Je n'en étais pas si sûre. Je n'avais partagé mes rêves avec personne. Pas même avec mon frère. Ils étaient si personnels, si fragiles. Si vastes…

— Tu promets de ne pas rire ?

— Pourquoi ferais-je une chose pareille ?

— Tu pourrais très bien penser que je délire et douter de

ma santé mentale. Même moi, certains jours je me dis que c'est l'idée la plus géniale du monde et d'autres, je me traite de cinglée, vu que je suis tout sauf experte en la matière.

— Je promets de t'écouter avec le plus grand sérieux.

— Bien. Donc… Comme je te l'ai dit le premier jour, une des passions qui m'animent est le sauvetage des récifs coralliens. Non seulement cet écosystème est important pour la vie sous-marine, mais il protège aussi les rivages des effets des ouragans. Il représente une source cruciale de revenus pour des millions de personnes. Savais-tu que les minuscules animaux qui composent ces récifs ont un vrai potentiel thérapeutique pour développer de nouveaux médicaments ?

— Je l'ignorais.

Je scrutai le visage de Nick. Aucun signe de moquerie. C'était encourageant. Je me décidai à poursuivre.

— La surpêche, la pollution, l'acidification des océans, la bétonisation sauvage et plus généralement l'activité humaine irresponsable, tout cela pourrait conduire à la disparition pure et simple des récifs d'ici à trente ans. Sauf que ce n'est pas une fatalité. Les aires marines protégées, qui sont des sortes de parcs nationaux géants dans l'océan, peuvent aider à assainir et fortifier les récifs. La génétique a aussi un rôle à jouer. Un jour, les scientifiques pourraient savoir fabriquer du corail capable de s'adapter à ce nouvel environnement hostile et régénérer les récifs.

— Vraiment ?

— Oui ! répondis-je avec élan, galvanisée par ce sujet qui me tenait tellement à cœur. Pour ma part, je m'intéresse en particulier à la tortue imbriquée. J'en ai croisé une un jour, dans la Grande Barrière de corail. Un vrai coup de foudre ! Ce sont de magnifiques créatures, avec des carapaces extraordinaires. Je les ai étudiées de près. Elles contribuent à maintenir le corail en bonne santé. Leur bec corné leur permet de se nourrir des éponges qui prospèrent à la surface du récif. Alors qu'elles sont apparues sur Terre il y a plus de cent millions d'années, quatre-vingts pour cent de leur population a disparu au cours du dernier siècle. Il n'en reste que huit mille ! Autant dire qu'elles sont en grand danger d'extinction. J'aimerais monter un programme d'élevage. Dans l'idéal, j'achète pour cela une terre émergée pourvue d'un récif et je recrute le personnel nécessaire. Voilà, tu sais tout. Tels sont mes projets, en gros.

Je me tus, un peu essoufflée, et attendis une réaction. Nick semblait avoir l'esprit ailleurs. Il fixait ma bouche presque comme je fixais la sienne tout à l'heure. Ses yeux s'étaient assombris, un pli barrait son front…

Il ne pouvait tout de même pas s'être laissé distraire à son tour de mon discours ? Non, l'idée était absurde. Lui, rêver de m'embrasser ? Allons donc ! J'avais sûrement une miette coincée entre les dents. Un défaut de plus à mon passif.

— Nick ?

Il battit des paupières et secoua légèrement la tête.

— Quoi ?

— Tu m'écoutes, au moins ?

Il s'agita sur son siège et finit par l'avancer pour poser les coudes sur le bureau.

— Bien sûr que je t'écoute, marmonna-t-il. Les récifs coralliens, la tortue imbriquée, les aires marines protégées, un programme d'élevage. Sacré changement, après la papeterie.

— La papeterie n'a rien de passionnant. Difficile de s'enthousiasmer pour les commandes de trombones et les soucis d'approvisionnement du A3. En revanche, les eaux tropicales et ce qui vit dedans sont pour moi une véritable obsession depuis que j'ai appris à plonger avec mon père. J'ai même commencé des études de biologie marine…

— Je m'en souviens.

— Je ne les ai jamais terminées et c'est une chose que j'aimerais rectifier, justement. Mes compétences sont un peu rouillées, il est tout à fait possible que je ne sois pas à la hauteur intellectuellement, mais je suis prête à tenter ma chance pour reprendre le cursus.

— Tu serais plus qu'à la hauteur.

Je ravalai un hoquet de stupeur.

— Serait-ce un compliment ?

— Non, c'est un fait, répliqua Nick. Et en voici un autre. Tu n'étais pas obligée de tout arrêter.

Pardon ? Mais de quoi parlait-il, bon sang ? À l'époque il était occupé à construire sa propre carrière ailleurs, mais il ne pouvait ignorer ce qui se passait dans le petit monde des Huntington-Smith… Grâce aux tabloïds, tout le monde était au courant !

— Bien sûr que si, dis-je d'une voix blanche. Je n'avais plus les moyens de financer mes études, et ma carte de crédit accusait un déficit à six chiffres…

— Tu aurais pu accepter mon argent.

— En théorie oui, sans doute, j'aurais pu… Mais cela faisait une dette de plus. Toi ou la banque, c'était égal, il me fallait trouver du travail pour payer mes factures.

— Tu n'aurais pas eu à me rembourser.

— Quoi ?

— Ma proposition n'était pas un prêt, dit Nick. C'était un cadeau.

Je fronçai les sourcils.

— Tu es sûr ?

— Je ne suis pas près de l'oublier.

— Je ne savais pas…

— Tu ne m'as pas laissé la moindre chance de m'expliquer.

C'était exact. J'avais rejeté d'emblée sa proposition sans même lui laisser le temps de finir sa phrase…

Il s'était présenté un soir chez moi à l'improviste, peu après la mort de mon père, sanglé dans un costume impeccable à cinq mille livres, sans un cheveu de travers. Dans l'état où j'étais, malheureuse, complètement perdue, et très consciente de l'image pitoyable que mon appartement et moi-même offrions comparés à lui, je n'avais qu'une envie, qu'il disparaisse comme il était venu.

— Mais pourquoi m'offrir un cadeau pareil ?

— Parce que j'en avais les moyens.

— Une occasion unique de m'humilier dans les grandes largeurs, n'est-ce pas ? lançai-je avec une pointe d'amertume dans la voix.

Le souvenir de ma honte, encore vivace, m'étourdit un instant. Comme j'avais détesté Nick ce soir-là, de me rappeler ainsi l'ampleur de ma chute !

Un silence assourdissant suivit mes paroles. Nick eut un mouvement de recul et pâlit légèrement. Un muscle tressauta dans sa joue.

— Tu penses vraiment que c'était cela mon but ?

— Oh ! Je ne t'en veux pas. Je le méritais.

N'en avais-je pas fait autant avec lui à une époque, en pointant nos différences sociales ? En outre j'avais détruit ma famille. Si ce n'était pas intentionnel, cela restait impardonnable.

— Tu t'es complètement trompée sur mes intentions, reprit Nick.

— Quelles étaient-elles, alors ?

— Tu avais assez souffert.

Je le fixai, médusée.

— Tu as donc agi par… pitié ?

— Non.

— Par charité ?

— Non plus.

Si la vengeance était exclue, que restait-il donc ? Rien. Il ne m'avait jamais traversé l'esprit que Nick pouvait se désoler de mon malheur. Cette simple idée me donna la nausée. La réprobation, le mépris, passe encore, mais la pitié, avec son cortège détestable de faiblesse et d'impuissance, ça non !

— Eh bien, cadeau ou prêt, je me félicite d'avoir refusé ton argent, dis-je, impatiente soudain de rétablir l'équilibre pour recouvrer un semblant de dignité. J'aurais détesté t'être redevable, tu n'imagines même pas à quel point. Et cela ne me plaît pas davantage aujourd'hui, pour être franche. J'ai besoin de ton aide et cela me répugne ! Je ne supporte pas d'avoir dû te demander de venir me chercher à Zanzibar. À l'époque je ne voulais pas de ta pitié ni de ta charité, et je n'en veux pas davantage maintenant. Et avant de prétendre encore que tu ne m'offrais ni l'une ni l'autre, explique-moi donc pourquoi un type motivé exclusivement par le profit ne m'a toujours pas fait parvenir un contrat avec ses tarifs détaillés ?

Je me tus, le cœur battant à se rompre. La tête me tournait…

Le choc se peignit sur le visage de Nick une fraction de seconde avant qu'il ne recouvre son expression neutre coutumière.

— Je m'y mets tout de suite, dit-il d'une voix coupante.

5.

Saisie d'un besoin désespéré de fuir l'atmosphère soudain irrespirable du bureau pour mettre un peu d'ordre dans les idées qui tournoyaient dans ma tête sans la moindre logique, je me levai d'un bond et annonçai à Nick que je sortais prendre l'air.

Il se borna à m'enjoindre de rester sur les sentiers. Était-il choqué, furieux, soulagé ? Impossible à dire, devant ce masque d'impassibilité qu'il s'obstinait à porter.

Suivant son conseil – plutôt sage, en effet –, j'empruntai un large chemin sablonneux sinuant à travers une végétation plus dense et luxuriante à chaque tournant. Des cris et des croassements résonnaient dans les palmiers bruissant dans le vent et les autres arbres lourds de fruits. Des papillons multicolores de toutes tailles voletaient autour des buissons d'où émergeaient pépiements et couinements. Tout cela dans une chaleur humide presque palpable, que je pouvais sentir et même humer.

À la pointe ouest de l'île, la plus éloignée de la villa, je découvris une jetée près de laquelle s'élevait un hangar à bateaux. À l'intérieur, plusieurs planches de surf, un kayak et des voiles de diverses tailles et formes. Un peu plus loin, foulant une anse de sable blanc, parmi des pièces de bois flotté échouées sur la grève je repérai un crabe de cocotier d'un bon mètre de long ainsi que deux tortues vertes. Assise sur un rocher, j'observai un moment un aigle pêcheur qui tournoyait à vingt mètres au-dessus de la surface de l'eau, puis soudain, d'un mouvement majestueux, descendit en piqué sur sa proie.

En fin de compte, l'île de Nick n'était pas tout à fait le paradis tropical dont elle présentait l'image le jour de mon arrivée. Le soleil jouait à cache-cache avec des nuages de plus en plus épais en cette fin d'après-midi. L'air devenait lourd, la houle semblait forcir, lentement mais sûrement. On sentait de drôles de vibrations dans la nature, un trouble diffus, comme un reflet assez exact du malaise qui m'habitait.

Je me remémorai la façon dont s'était conclue ma conversation avec Nick et le remords m'envahit. Ce visage profondément choqué, avant qu'il ne se retranche derrière une façade minérale… L'espace d'une seconde, Nick avait paru blessé, comme si je l'avais frappé. Et quoi de plus naturel ? Mes mots avaient été durs et cet homme, au-delà de son insensibilité à mon égard, avait forcément un cœur.

Le rappel mortifiant de ma débâcle et la découverte qu'il avait eu pitié de moi m'avaient déstabilisée, mais ce n'était pas une excuse. Une nouvelle fois acculée, sur la défensive, j'avais perdu le contrôle de mes émotions et violemment riposté. Le vernis de politesse que nous maintenions entre nous depuis toujours avait volé en éclats par ma faute. J'avais montré une impolitesse impardonnable tandis que lui, à l'exception d'un commentaire mordant à l'occasion, m'avait offert son soutien plein et entier. Rien ne l'obligeait à accepter de m'aider dans la gestion de ma fortune. Rien ne l'obligeait à voler à mon secours jusqu'à Zanzibar. Pourtant je lui avais dit que tout cela me *répugnait*.

Quelle idée !

En arrivant sur un promontoire qui offrait un panorama sur des kilomètres à la ronde, je marquai une pause. Avais-je complètement perdu l'esprit ? Tant qu'aucun contrat n'était signé, Nick pouvait se désister à tout moment, me laissant aussi vulnérable qu'avant mon arrivée. Et s'il m'envoyait promener, moi et mes soucis avec la presse ? Je ne pourrais m'en prendre qu'à moi-même. Plus important, je n'étais plus cette personne-là. Je n'étais *pas* irresponsable et inconsciente. Je ne parlais pas sans réfléchir !

Brûlant de honte et du besoin de me rattraper, et pas seulement parce que j'avais réellement besoin de l'aide de Nick, je repris le chemin de la villa en prêtant nettement moins d'attention au décor qu'à l'aller.

Suivant des effluves alléchants de gingembre et d'ail, je trouvai Nick dans la cuisine cette fois, penché sur la table de cuisson de l'îlot central, en train de remuer le contenu d'une poêle à frire. Ses cheveux étaient encore humides et il s'était changé. Il sortait donc de la douche, mais une douche pas si relaxante que cela, à en juger par sa mâchoire crispée et la tension émanant de sa personne.

Me cuirassant en prévision d'un accueil hostile, inévitable après notre dernier échange glacial et amplement mérité au vu de mon incapacité à maîtriser mes émotions, j'inspirai à fond et tentai de ne pas penser à la façon désagréable dont ma robe collait à ma peau.

— Quel délicieux parfum ! dis-je en m'avançant vers lui.

Il leva vers moi un regard dénué de toute expression.

— Comment était ta promenade ?

— Rafraîchissante.

— Tu es partie un bon moment.

— L'île est si belle…

— C'est vrai.

— Je suis tombée sur un hangar à bateaux.

— Ah ?

— Les planches de surf, les embarcations… Elles sont à toi ?

— Oui.

— Et tu t'en sers ?

— Quand je ne travaille pas.

Il n'était que trop facile d'imaginer Nick pagayant sur

un kayak autour de l'île ou s'adonnant au kitesurf en pleine mer. Pas étonnant qu'il soit aussi musclé et bronzé…

Je dus faire un gros effort pour retrouver le fil de mes idées. J'étais en mission, pas question de me laisser distraire.

— Je suis désolée de ce que je t'ai dit tout à l'heure, déclarai-je en me juchant sur un tabouret. Toutes ces bêtises sur la charité, les faveurs… Le fait que je déteste cette situation qui t'oblige à me rendre service… C'est la première fois depuis huit ans que je dois me reposer sur quelqu'un d'autre et j'ai encore du mal à assimiler la chose. Si on ajoute le stress de ces dernières semaines, avec tout ce qui m'arrive… Mais ce n'est pas une raison. J'ai réagi de façon excessive. Mes mots ont dépassé ma pensée. Je te présente mes excuses.

Pas un muscle ne tressauta en réaction à ce discours.

— Je t'ai envoyé un contrat par courriel, avec mes tarifs détaillés, dit-il, lâchant la poêle pour s'essuyer les mains sur un torchon.

— Merci. Je jetterai un coup d'œil plus tard.

— Soif ? demanda-t-il avec un signe de tête vers le grand verre posé devant moi.

Des glaçons, un brin de romarin… Un gin tonic !

— Aurais-tu lu dans mes pensées ? m'exclamai-je en tendant la main vers la boisson comme s'il s'agissait d'une ligne de vie. J'espère que non, mon cerveau est un vrai capharnaüm.

Je pris une gorgée fortifiante et soupirai d'aise. Le parfum intense du romarin dériva jusque dans mon crâne tandis que l'alcool faisait son office dans mon sang.

— En attendant, ceci est absolument parfait, dis-je en reposant mon verre. Mon cocktail favori !

— Je ne pense pas qu'à l'argent, Amelia.

Stupéfaite, je cherchai son regard. Il me contemplait avec une intensité inattendue. Avais-je touché un point sensible ?

Était-ce une pointe de fragilité que j'avais cru déceler dans sa voix ? Intéressant…

— Je comprendrais, si c'était le cas, répliquai-je.

— À cause de mon passé ?

— Tu n'as pas à en avoir honte.

— Et je n'en ai pas honte. Les circonstances de mon enfance ne dépendaient absolument pas de moi. La honte naît si l'on a mal agi alors qu'on aurait pu faire autrement. Elle repose sur des faits qui dépendent de nous.

Je savais tout cela. Et Nick savait que je savais.

Je m'agitai sur mon tabouret, brusquement mal à l'aise.

— Crois-moi, dis-je, si je pouvais revenir en arrière et rejouer ma vie, il y a beaucoup de choses que je ferais autrement.

— Par exemple ?

— De combien de temps disposes-tu ?

— Le temps qu'il faudra.

Aurait-il l'éternité devant lui, il pouvait toujours attendre. Cela n'arriverait jamais. M'excuser de mon impolitesse était une chose, mettre mon âme à nu devant un juge aussi sévère et partisan en était une autre. Et d'abord, pourquoi Nick s'intéressait-il autant à mes défaillances ? Cherchait-il à faire provision de munitions qu'il utiliserait ensuite contre moi ?

Quoi qu'il en soit, je n'avais aucune intention de m'exposer davantage au risque de baisser un peu plus dans son estime.

— Je m'en souviendrai, dis-je. Eh bien, qu'est-ce qui te motive, en dehors de l'argent ?

— La planification minutieuse. L'optimisation fiscale. J'aime soigner au mieux les biens de mes clients et résoudre leurs problèmes.

— À propos de clients à problèmes, y a-t-il du nouveau sur le front de la frénésie médiatique en Angleterre ?

— Pas encore.

Oh ! Seigneur. L'avenir s'annonçait sombre. Combien de temps faudrait-il pour que ce chaos s'apaise et que je puisse rentrer chez moi sans crainte ? Combien de jours encore allions-nous devoir composer avec ce malaise, cette phase d'observation mutuelle digne de deux fauves en cage, d'échanges à fleurets mouchetés ?

Les heures passeraient sûrement plus vite si nous parvenions à discuter de tout et de rien. Peut-être devrais-je mettre en œuvre la stratégie que j'avais élaborée dans l'avion – me détacher de ces mesquineries avec une maturité sereine et m'en tenir aux banalités d'usage.

Cela valait le coup d'essayer.

— Qu'y a-t-il au menu du dîner ?

— Du vivaneau campèche.

— Délicieux, dis-je, comme mon estomac grondait déjà. Mon régime sur les huit dernières années s'est composé essentiellement de pâtes et de soupes. Cette semaine je me suis appliquée à rattraper le temps perdu en commandant des produits de la mer chaque fois que c'était possible. C'était un régal. Comment puis-je t'aider ?

— Tu peux mettre la table, suggéra Nick, prélevant un long couteau dans un set sur le comptoir. Les assiettes et les couverts sont dans le buffet devant toi. Il y a de la salade dans le réfrigérateur.

Il se mit en devoir d'aiguiser le couteau sur un fusil d'un geste d'expert qui me rappela le chef de cuisine venu nous apprendre, à moi et à dix amis, à préparer des sushis, le jour de mon douzième anniversaire.

De mon côté je me chargeai de dresser la table, heureuse de m'occuper pour ne plus penser à ce savoir-faire souverain étrangement hypnotisant et surtout aux souvenirs de mon enfance, un âge d'or aujourd'hui largement entaché.

— J'ignorais que tu cuisinais, Nick.

— Comment ferais-je pour me nourrir, sinon ?

— Je ne sais pas, répliquai-je, redressant machinalement une fourchette. En commandant des plats tout prêts ?

— Et où donc ?

Ce n'était qu'une plaisanterie de ma part, assez peu subtile du reste. Mais en jetant un regard vers les fenêtres et la nuit d'encre qui était tombée, je songeai que Nick venait de relever là un point troublant. Nous n'étions pas à Londres, où la livraison de repas était à portée de clic sur une banale application. Nous étions sur une petite île au large de la côte est de l'Afrique, au cœur de l'océan Indien, seuls, juste lui et moi. En train de bricoler un dîner tout simple dans une cuisine faiblement éclairée, au son d'une mer agitée et de la brise tiède, chargée d'humidité, qui faisait frissonner les grandes palmes.

Voilà qui créait une intimité inattendue. Un léger malaise me gagna tandis que je me dirigeais vers le réfrigérateur. Nous ne nous étions jamais retrouvés en tête à tête jusqu'ici. Du moins, pas de cette manière.

Il y avait eu cette fois où il était venu me récupérer dans une fête à Londres où je m'ennuyais ferme pour me ramener chez moi, dans un silence de mort. Aucun rapport, cependant. J'avais dix-sept ans et je m'évertuais alors à surmonter mon béguin pour lui. Nick en avait dix-neuf et sortait avec une de ses blondes interchangeables aux jambes interminables, qu'il avait congédiée de son coupé décapotable d'occasion pour libérer la place avec un sourire craquant riche de promesses sensuelles qui m'avait fait terriblement envie.

Sa proximité dans l'habitacle avait produit sur moi un effet certain, dont je me souvenais encore avec précision tant d'années plus tard. Eh bien, ma peau ne grésillait pas ce soir-là comme elle le faisait soudain aujourd'hui. Le feu qui me brûlait les veines ici et maintenant n'était plus de la jalousie. Et ces papillons qui battaient des ailes dans mon ventre, c'était nouveau.

Mais quoi de plus naturel ? Il faisait une chaleur étouffante sur l'île ce soir. En outre, Nick et moi étions tout sauf intimes. Chacun tolérait la compagnie de l'autre par la force des choses. Il n'y avait absolument rien de romantique dans cette situation.

Romantique ? D'où me venait cette pensée grotesque, d'abord ?

— Bonne question, commentai-je d'un ton détaché. Où trouves-tu des provisions ?

— Je reçois une livraison du continent une fois par semaine, répondit Nick en faisant glisser le poisson de la poêle vers une planche avant de s'atteler à le désosser avec le couteau aiguisé de frais. Et je pêche.

Je posai la salade sur la table et le contemplai, incapable de dissimuler ma stupeur.

— Tu pêches ?

Il me regarda à son tour, le couteau en l'air.

— Cela t'étonne, on dirait.

— Ça ne colle pas avec l'image que j'ai de toi depuis toujours… Costume impeccable, chemise repassée, chaussures cirées…

— Je ne suis pas toujours en costume.

En effet. Pour preuve, ce soir il portait un jean délavé et une chemise *rose*, sortie du pantalon de surcroît. Il s'était bien douché, mais pas rasé, une ombre de barbe ornait ses joues. Avec ses cheveux noirs épais, plus longs que d'habitude, il avait un petit air sauvage. Presque pirate. Ce qui, je dus l'admettre, lui allait à ravir.

Moi qui croyais le connaître par cœur, sous prétexte que nous nous fréquentions depuis dix-huit ans ! Que savais-je de lui, en réalité ? Rien. Et ce n'était pas si grave, après tout. Nick était mon conseiller financier, point final. Le fait qu'il baisse la garde à l'occasion ne me regardait pas plus que le sens profond de ces moments de relâchement. Je me fichais complètement de savoir quelle version de lui-même il préférait, l'immaculée ou la décontractée. L'important, ce soir, c'était de poursuivre vaille que vaille cette conversation, afin que mon esprit cesse de vagabonder sur des chemins inappropriés.

— Ce poisson-là, c'est toi qui l'as pêché ? demandai-je bravement.

Il avait placé un filet dans chaque assiette avant d'apporter le tout sur le plateau de verre de la table en bois flotté.

— Oui, ce matin.

À ces mots, une vision incongrue surgit dans ma tête. Nick, torse nu, à la barre d'un yacht blanc étincelant, jetant une ligne à l'eau d'un mouvement souple qui faisait vibrer ses biceps…

Je secouai la tête pour chasser vite fait cette image qui n'avait aucune raison d'être et pris place à table.

— Je suis impressionnée, dis-je en dépliant une serviette d'un geste vif.

— Si facilement ?

Je pouvais comprendre son scepticisme. À une époque, le mépris, authentique ou feint, était à la mode dans mon cercle de prétendus amis – et pas de très bon goût.

— Les gens changent, Nick.

— Vraiment ?

Une fois assis en face de moi, il parut soudain occuper tout l'espace en dépit de la largeur respectable de la table.

— Certains, du moins, dis-je, soulagée que la structure en bois complexe supportant le plateau de verre empêche nos genoux de se toucher par inadvertance. Pas toi. Tu es d'une constance remarquable.

— En quel sens ?

Je me mordis la lèvre, regrettant aussitôt ma remarque. Ce n'était vraiment pas la chose à dire. J'allais devoir entrer dans les détails maintenant… Or je n'avais aucune intention de lui expliquer précisément comment je savais le mal qu'il pensait de moi depuis une bonne dizaine d'années. Cela pourrait laisser entendre que son opinion me tenait à cœur, ce qui n'était absolument pas le cas. Je me creusai la tête pour trouver des arguments concrets à lui offrir.

— Eh bien… Par exemple, à chacune de nos rencontres, tu as toujours les deux premiers boutons de chemise défaits, dis-je, un peu étonnée de la facilité avec laquelle me venaient les mots. Tu fais aussi tourner des objets autour de tes doigts. Cure-dents, sous-bocks, stylos, ce qui te tombe sous la main. En entrant dans un bar, ou une pièce quelconque, tu regardes d'abord à droite, puis à gauche, après quoi tu fronces les sourcils comme si tu cherchais quelque chose ou quelqu'un et que tu t'agaçais de ne pas le trouver. Tu es toujours contrarié de me voir et tes petites amies, invariablement grandes et blondes, ne durent pas plus d'un mois.

Je me tus et saisis couteau et fourchette en me disant avec fermeté que ces frémissements dans mon estomac étaient dus à la faim, et non à la gêne.

Nick semblait un peu déstabilisé.

— Je ne te savais pas aussi observatrice…

— Il y a beaucoup de choses que tu ignores à mon sujet. La principale étant que, contrairement à toi, j'ai changé.

— Vraiment ?

— Je n'ai pas eu le choix. J'étais consternante.

— Tu étais une enfant gâtée.

— C'est vrai, concédai-je. Une petite peste, comme tu me l'as fait comprendre un jour de façon très éloquente. Celui de mon seizième anniversaire, sauf erreur.

— Tu voulais que je sois ton jouet.

Encore un moment dont je n'étais pas très fière, me dis-je avec un frisson que je n'essayai même pas de cacher.

Par ce bel après-midi, alors que la fête battait son plein au bord de la piscine, encouragée par mes copines de l'époque, j'étais allée le trouver d'un pas nonchalant pour exiger qu'il vienne nous divertir. Comme il refusait tout net, glacial, j'avais marmonné quelque chose sur les types aigris, puis je lui avais dit qu'il n'était pas assez bien pour nous de toute façon, avant de m'éloigner en roulant les hanches, provocatrice en diable. Une vraie garce.

À ma décharge, je n'étais pas tout à fait dans mon état normal. Nous discutions auparavant entre filles et le nom de Nick avait surgi dans la conversation. Cela m'avait passablement perturbée. Jusque-là je ne lui avais guère prêté attention. C'était juste un ami de Seb qui venait souvent à la maison le week-end et pendant les vacances, sa mère habitant à six cents kilomètres de l'école et travaillant à plein temps. Le père, on n'en parlait jamais. Nick me semblait aussi peu digne d'intérêt que mon frère, à l'époque.

Mais ce jour-là, je voyais en lui pour la première fois, à travers les yeux de mes amies, un bel athlète de dix-huit ans, avec une part d'ombre intrigante, affriolante même, qui m'avait soudain collé des frissons. J'étais littéralement tombée sous son charme. Mon cœur battait fort, j'avais les jambes en coton… Dans ces conditions, son rejet m'avait fait un mal de chien et ma réaction avait été aussi cruelle que maladroite. Je comprenais parfaitement qu'il m'ait regardée de haut par la suite.

— Je ne voulais rien du tout, marmonnai-je, les joues brûlantes, en m'appliquant à découper un petit morceau de poisson. J'étais impressionnable et j'avais des copines au-dessous de tout. Elles m'avaient mise au défi de t'attirer dans notre cercle. J'aurais dû les envoyer promener et te laisser tranquille. T'insulter comme je l'ai fait… C'était impardonnable. Je suis tellement désolée. Je ne pensais pas ce que j'ai dit. Ces excuses arrivent avec treize ans de retard, j'en ai bien conscience, mais je te les présente tout de même.

Nick me regarda un moment droit dans les yeux en silence. Mon cœur battait si fort qu'il résonnait dans mes oreilles.

— Je ne veux pas de tes excuses, dit-il enfin. Je n'en ai pas besoin.

Ces mots me firent l'effet d'une gifle. Mes joues s'enflammèrent de plus belle…

C'était de bonne guerre. J'avais conscience depuis longtemps de brûler l'un après l'autre les rares ponts qui nous reliaient, sans états d'âme particuliers. Et voilà qu'aujourd'hui j'avais honte. Le regret me mordait le cœur pour une raison qui m'échappait. Ce n'était pas comme si j'avais envie de jouer avec Nick maintenant.

— Je comprends, dis-je dans un murmure.

— Oh ! Tu ne pourras jamais comprendre.

Cette voix tranchante…

Je me gardai de réagir. Il devenait de plus en plus évident que je ne comprenais rien, en effet. Absolument rien.

Le dîner traînait en longueur et la conversation, en dépit de mes efforts pour l'entretenir, restait artificielle. Mes questions sur la faune de l'île, les sports nautiques, la santé de sa mère récoltaient au mieux des réponses par monosyllabes et une mine de plus en plus soucieuse.

Je fus assez vite en panne d'inspiration, mais ma détermination à éviter les longs silences inconfortables me poussa à relancer le dialogue.

— Y a-t-il encore une chose que tu désires sans parvenir à l'obtenir ? demandai-je.

— Oui. La paix.

— Où te vois-tu dans cinq ans ?

— Au travail, pour gagner davantage d'argent à distribuer ensuite.

— À qui donc ?

— Je soutiens des programmes de bourses universitaires. Et aussi plusieurs organismes caritatifs qui aident les gamins désireux de grimper dans l'échelle sociale mais handicapés par leur milieu d'origine.

— Et… de quoi as-tu peur ?

— J'ai peur que tes questions ne finissent jamais.

Pour le coup, elles s'arrêtèrent net.

La tête vide, pour ma plus grande frustration, je me trouvai soudain dans l'incapacité de détacher les yeux de mon interlocuteur occupé à découper et déguster son poisson. Nick était si grand, si proche – et pile dans mon champ de vision. Mon regard persistait à accrocher ses mains, sa bouche. Très vite, je me surpris à l'imaginer en train de se lever et de me prendre dans ses bras pour m'allonger sur la table et faire de moi ce qui lui chantait. Une fois installée dans mon crâne, cette vision n'en bougea plus.

Cette impuissance à garder l'esprit clair face à Nick devenait franchement pénible. Je détestais la manière dont mon sang-froid semblait s'évaporer en sa présence, cette nervosité qui me gagnait et me brouillait les idées. Quoi que je fasse, tous mes efforts pour penser à lui dans un contexte purement professionnel se soldaient par un échec.

Tout à l'heure, à peine arrivée dans ma chambre, j'appellerais James pour qu'il vienne me chercher le plus tôt possible.

Forte de cette résolution, je reposai couteau et fourchette et vidai le fond de mon verre. Quelle importance après tout, que mon passé revisité fasse la une de quelques tabloïds ? Je n'étais plus une gamine. Je ne serais *pas* une victime. Il me suffirait pour cela d'effacer les courriels et d'ignorer les offres fallacieuses. Évidemment, je serais tout à fait capable de détecter les arrière-pensées, les manipulations. Quant à mes collègues, lorsque je leur aurais tout expliqué, ils comprendraient sûrement pourquoi j'avais préféré tenir mon gain secret.

Une fois de retour chez moi, je n'aurais même plus besoin de parler avec Nick. Nous pourrions communiquer par courriel. Ou en revenir, si le sort nous réunissait par inadvertance, aux bons vieux hochements de tête, à bonne distance. Le statu quo n'avait pas que des inconvénients, tout compte fait.

— Bon, eh bien, merci pour ce dîner, dis-je une fois la table débarrassée du repas le plus pénible de mon existence.

Merci aussi pour ton aide, en dépit de ce que je t'ai dit tout à l'heure dans le bureau. Je n'en donne peut-être pas l'impression, mais je te suis très reconnaissante. Je mesure la chance que j'ai de t'avoir. Je parle de tes services, bien sûr. Tes services *financiers*…

Je bafouillais, à mon grand désespoir. Nick se bornait à me regarder tandis que je m'empourprais de plus belle. Serais-je un jour capable de parler à cet individu en maîtrisant mes mots d'un bout à l'autre, bon sang ?

— Bref, tu seras certainement ravi d'apprendre que dès demain je ne serai plus dans tes pattes, ajoutai-je. Je compte sauter dans le premier avion.

— Impossible.

— Pourquoi ? Tu doutes de ton influence sur la presse britannique ?

— Pas du tout, répliqua Nick en coulant un regard sombre vers les baies vitrées et la nuit noire au-delà. En revanche, j'ai quelques doutes sur la météo.

6.

Je m'échappai vers ma chambre sans demander mon reste, partagée entre le soulagement et la consternation à la pensée des conséquences possibles d'une détérioration du temps.

L'espace qui m'avait été attribué ne manquait pas de confort. Les murs blancs à la fraîcheur rassérénante, le plancher couleur miel, le mobilier décliné dans des tons neutres doux et apaisants, tout cela était fort agréable, mais je gagnai directement la salle de bains attenante. Préoccupée par l'échange avec Nick pendant le dîner, je fis couler l'eau froide dans l'immense douche à l'italienne en m'efforçant de brider mes émotions.

Pourquoi ne pouvais-je cesser de penser à lui dans des contextes… inappropriés ?

Cette question-là tournait encore dans ma tête un peu plus tard, au moment de me coucher. Quoi que je fasse, des images hallucinantes s'imposaient à mon esprit… Lui et moi, nus. Ou enlacés, en train de nous embrasser comme si la fin du monde était pour demain. Était-ce un effet à retardement du stress ? Ou le choc de côtoyer Nick hors de son environnement habituel ? Ou le simple fait de passer du temps en tête à tête avec lui ?

Je n'allais pas retomber sous son charme, tout de même ! Allongée sur les draps dans la nuit moite, mon cœur battant à grands coups sourds, je frissonnai d'appréhension. Le béguin que j'avais eu pour lui, de façon assez perverse, à la suite de cette fameuse fête d'anniversaire qui m'avait ouvert les yeux sur son physique de rêve, n'était jamais qu'une passade d'adolescente…

Cela m'avait coûté trois années d'efforts acharnés, à brûler la chandelle par les deux bouts, en m'investissant à fond dans mes études et en m'étourdissant de fêtes pendant les vacances, mais j'avais bel et bien fini par tourner la page. Persister dans mes rêves de Nick n'avait aucun sens, avais-je compris un soir en le dévorant du regard tout en crucifiant mentalement la fille qui l'accompagnait. Il n'allait pas retourner subitement sa veste et me désirer autant que je le désirais. Son type, c'était les grandes blondes filiformes et même sans prendre en compte le mépris que je lui inspirais, j'étais brune, de taille moyenne, avec des formes épanouies.

J'avais donc enfin décidé qu'il était temps de grandir et de passer à autre chose, ce que je croyais sincèrement avoir accompli. J'avais raccroché mes chaussures de danse et accepté une place à l'université de Zurich. Laissant derrière moi mon adolescence dissolue, je m'étais retroussé les manches. Mon rêve de travailler dans la protection du milieu marin me stimulait pour décrocher les meilleures notes… jusqu'au jour où ma vie avait volé en éclats, me condamnant à fouiller l'amas de décombres en quête d'un semblant d'avenir.

Et si je n'avais *pas* tourné la page, en fait ? Si j'avais simplement enfoui le désir sous le poids de mes études, puis du bouleversement brutal de mon existence, aidée en cela par l'indifférence dédaigneuse de Nick à mon égard ? Pouvait-il avoir somnolé en moi pendant toutes ces années, ce désir, à l'état végétatif, tel un volcan endormi jusqu'à la prochaine éruption ?

Non, tranchai-je fermement alors que je me tournais et me retournais en vain dans le lit pour trouver un coin de drap frais. Il n'y avait pas de volcan, endormi ou pas. Les bases n'avaient pas changé. Nick sortait toujours avec des blondes et me méprisait cordialement. Le convoiter encore serait une perte de temps. Je n'étais pas idiote à ce point.

L'émoi qui m'avait saisie à son apparition la semaine précédente était dû au stress qui me collait à la peau depuis quelque temps et me troublait la raison. S'y ajoutait maintenant la météo. L'électricité qui grésillait dans mes veines au lieu de faire place au sommeil s'expliquait facilement par ces nuages noirs qui s'amoncelaient dans le ciel au-dessus de Suza. Et ces spasmes dans mon ventre, par la chute de la pression atmosphérique. C'était la chaleur croissante et l'humidité de l'air qui faisaient augmenter ma température, rien d'autre.

En dépit de ces certitudes, en dépit des draps de lin et du ressac hypnotique de l'océan Indien sous mes fenêtres, je mis un temps fou à m'endormir.

Un violent coup de tonnerre me réveilla en sursaut à 6 heures du matin. Au-dehors, des vents furieux fouettaient la mer et harcelaient les palmiers qui ployaient dans tous les sens sous leurs assauts. L'air chaud était devenu suffocant… Une poignée de secondes plus tard, les gouttes de pluie qui pianotaient jusque-là sur le toit virèrent au déluge, un déluge si bruyant que je m'entendais à peine penser.

Je me redressai sur le lit, complètement groggy, et tentai d'allumer la lampe de chevet. Panne de courant. Mon ventre se contracta. Nick avait raison, je n'irais nulle part aujourd'hui. Le ciel et la terre remuaient bel et bien, mais pas dans le sens qui m'arrangeait…

Je me levai avec l'intention de fermer la fenêtre que j'avais laissée entrouverte la veille pour alléger la touffeur ambiante. Je me frayai un chemin dans la pièce plongée dans le noir, tous les muscles de mon corps protestant contre ces efforts intempestifs. Après une nuit aussi agitée, les yeux me picotaient. J'avais l'impression d'avoir cent ans et d'être passée sous un camion. Tout était chaos. À l'intérieur comme à l'extérieur.

Le front contre la vitre, j'inspirai profondément. Pas la moindre trace d'azur dans le ciel couleur d'acier et la mer houleuse, du même gris de sinistre augure, assez oppressant. Aucune raison de paniquer, me dis-je avec fermeté. J'étais certes en position de faiblesse depuis la seconde où j'avais contacté Nick pour solliciter un rendez-vous, mais je ne resterais pas ici indéfiniment. L'essentiel était de recouvrer mon bon sens et de suivre ma résolution de rester calme et professionnelle.

D'abord, j'allais cesser tout net de penser à Nick dans le plus simple appareil. Fini les visions malvenues d'embrassades. Je survivrais à cette journée, à la suivante et à toutes celles que la tempête m'obligerait à passer ici en m'élevant résolument au-dessus de ce genre de trivialités.

À propos de prendre de la hauteur…

Concrètement, il n'y avait pas de point plus élevé dans le voisinage proche. La villa semblait solide cependant. La fenêtre que je venais de fermer ne vibrait même pas sous les hurlements du vent. Je n'avais rien à craindre. Vraiment. Les palmes avaient beau s'agiter dans tous les sens, ce n'était pas comme si des débris volaient de partout. Nick avait sûrement protégé cette bâtisse contre les tempêtes. En toute logique, un gourou de la finance aurait estimé les risques et protégé ses biens, n'est-ce pas ?

Des coups ébranlèrent soudain la porte de la chambre.

Je bondis en arrière avec un cri d'effroi, visualisant le toit fendu en deux, le maelström aspirant tous les meubles du palier.

— Amelia ?

Ouf !

Ce n'était pas le toit.

C'était Nick.

Mon hôte récalcitrant, mon critique le plus sévère, tout sauf un homme que je serais assez bête pour désirer encore…

Dans un effort pour museler mon angoisse face à la tempête, face aussi à cet homme qui menaçait ma santé mentale, je serrai les dents, redressai les épaules et me dépêchai d'aller ouvrir.

Nick se tenait sur le seuil, une lampe-tempête à la main, l'air grave et très sombre, la tignasse en bataille, mal rasé et si chiffonné que j'aurais très bien pu me demander s'il sortait directement du lit pour peu que ce détail m'intéresse, ce qui n'était absolument pas le cas.

— Oui ?

— Enfile des vêtements et descends au rez-de-chaussée, dit-il d'une petite voix crispée après avoir balayé du regard le caraco et le short blancs que je portais, adaptés au climat, mais laissant peu de place hélas à l'imagination. Fais vite. Tiens, prends ça, ajouta-t-il en me tendant une lourde lampe au rayon de lumière éblouissant. Et surtout, reste à l'écart des fenêtres.

Cinq minutes plus tard, j'étais assise à un bout du canapé moelleux installé dans le hall aveugle de la villa, en legging et sweat-shirt, tenue susceptible d'être approuvée plus sûrement que celle que je portais pour dormir. En d'autres circonstances je me serais rebiffée contre les manières autoritaires de Nick. Mais il semblait savoir ce qu'il faisait et je dus reconnaître que c'était plutôt rassurant.

Quatre lampes-tempêtes éclairaient l'espace, deux posées à même le sol et les autres sur des petites tables de part et d'autre du canapé, complétées par une demi-douzaine de lampes torches alignées sur la console calée contre le mur opposé, avec autant de bouteilles d'eau et quelques petits en-cas à grignoter.

— À quoi avons-nous affaire exactement ? Un ouragan ? demandai-je, détaillant avec inquiétude ces divers préparatifs.

Nick vérifia son téléphone, fronça les sourcils, le reposa et se mit à arpenter le hall de long en large.

— Un ouragan s'appelle un cyclone dans cette partie du monde, marmonna-t-il, clairement aussi frustré que moi par la nouvelle tournure des événements, qui fichait tous nos plans en l'air. Mais non, ce n'est qu'une dépression tropicale.

— C'est-à-dire ?

— Vents faibles et changeants, et dégâts minimaux.

Un éclair crépita soudain, ponctué d'un coup de tonnerre assez puissant pour me donner envie de me boucher les oreilles. Je n'osai penser à ce qu'auraient signifié des vents plus forts.

— Est-ce que cela risque de s'aggraver ?

— Pas d'après les prévisions officielles, répondit Nick. Cela pourrait évoluer, mais nous n'en saurons rien, l'antenne satellite est à terre et l'électricité a sauté. Pour une raison inconnue, le générateur de secours ne s'est pas mis en marche.

À ces mots, le cœur me manqua.

— Peux-tu le réparer ?

— Peut-être. Mais ce serait de la folie de s'aventurer au-dehors maintenant. J'ai sécurisé le mobilier extérieur hier soir au cas où, mais le risque demeure d'une tuile du toit mal fixée ou d'une vague plus puissante que les autres.

Je l'imaginai soudain étendu sur la terrasse dans une mare de sang, puis balayé par la mer. La tête me tourna…

Je portai la main à ma bouche, prise d'un haut-le-cœur, et ravalai de mon mieux la peur qui montait. De son propre aveu, Nick n'était pas du genre imprudent. Ce scénario était donc improbable.

— Est-ce que… l'île pourrait être submergée ?

— Cela ne s'est jamais produit.

— Et les tempêtes de ce genre sont fréquentes ?

— J'en ai connu une en cinq ans, depuis la construction

de cette maison. Cette fois-là les vitres avaient explosé, mais le vent était plus fort.

— L'hôtel n'a averti personne…

— La dépression s'est formée sans prévenir. Ce sont des choses qui arrivent.

Comme l'effet qu'il me faisait depuis peu, me dis-je, le cœur lourd. Je le regardai faire les cent pas, les doigts fourrés dans sa tignasse, à mille lieues de l'être raffiné, d'un calme olympien, que je connaissais. Il n'avait suscité chez moi que de l'agacement pendant des années, et depuis que j'avais posé le pied sur cette île j'étais passée par toutes les émotions du monde…

— Combien de temps durent-elles, ces dépressions tropicales ? m'enquis-je tout bas.

— Avec un peu de chance, tout sera terminé d'ici quelques heures. Sinon, cela peut durer des jours.

Des *jours* ? Bon sang !

— Qu'allons-nous faire entre-temps ?

Nick s'arrêta net et me jeta un regard aussi noir et tourmenté que le ciel. Quelque chose dans ce regard alluma au creux de mon ventre un drôle de feu, qui se répandit aussitôt dans mes veines.

— Patienter, dit-il.

Mmm… Ce n'était pas tout à fait ce qu'il avait en tête à l'instant. Sinon mon cœur ne se serait pas mis à tambouriner, ma bouche ne serait pas aussi sèche tout à coup. Quelle pensée lui avait donc traversé l'esprit ? Pourquoi ce brasier en moi, cette brûlure de tout le corps ? Je n'en avais aucune idée.

Était-ce important, d'abord ? Non. Absolument pas.

Rester calme. S'adapter à la situation. Voilà l'important. C'était dans mes capacités. L'expérience parlait pour moi… Abandonner une université étrangère de premier plan pour prendre un travail de bureau. Troquer le beau manoir de Chelsea contre une colocation en banlieue dans un appartement miteux. Emprunter les transports publics à la sécurité aléatoire au lieu de se glisser à l'arrière d'une Rolls rutilante avec chauffeur. Surveiller son budget, négocier toujours, privilégier les articles en promotion au supermarché, collectionner bons d'achat et coupons. Accepter un job épuisant dans un bar le week-end pour arrondir les fins de mois. Je m'étais habituée à tout, à la fin des fins.

Alors, si long que soit ce séjour forcé à Suza, je saurais m'en accommoder. Comme je me l'étais souvent répété au fil des ans, l'esprit devait l'emporter sur la matière, quand bien même la tâche semblait compliquée dans ce cas précis. La lueur vacillante des lanternes, loin de créer une atmosphère douillette, m'évoquait plutôt les aléas de la catastrophe naturelle en cours. Cet espace confiné se révélait étouffant en dépit du confort du canapé, d'autant que Nick semblait occuper beaucoup de place et gâcher de l'oxygène en s'agitant ainsi sans arrêt. La tension qui irradiait de sa personne me donnait la sensation d'être assise sur des couteaux et me mettait les nerfs à vif.

— Si tu venais t'asseoir ? dis-je en retroussant mes manches d'un geste machinal.

— Je suis bien où je suis, grommela Nick.

— Tu me rends nerveuse, à tourner en rond sans arrêt.

— Pas de chance…

— Tu n'as pas bien dormi, peut-être ?

Il s'arrêta brusquement et rafla une bouteille d'eau sur la console.

— C'est ça, dit-il. Je n'ai pas bien dormi.

— Moi non plus. La chaleur était insupportable. Je me sens mal fichue…

— Ce n'était pas la chaleur, dit Nick en dévissant le bouchon avec un regard aigu dans ma direction.

— Qu'est-ce que… C'est ma présence qui t'a empêché de dormir ?

Il se rembrunit. La lueur étrange au fond de ses yeux réapparut et me fit frissonner de plus belle.

— Exactement.

Je demeurai abasourdie. Voilà qui avait du moins le mérite d'être clair ! Je savais déjà que ma présence lui posait problème, mais je ne m'attendais pas à ce degré d'hostilité...

C'était sans doute un peu naïf de ma part, au vu de son humeur massacrante au dîner.

— Je partirai dès que je le pourrai, murmurai-je.

— Ce ne sera jamais assez tôt.

Eh bien ! Au diable le vernis de politesse, les coups étaient lâchés.

— J'ai conscience que la situation n'est pas idéale, répliquai-je vivement, mais...

— Pas idéale ? répéta Nick. C'est peu dire !

— Tu n'exagères pas un peu, là ?

— Tu es la sœur de Seb.

— Et... ? Quel rapport ? Tu n'as pas envie qu'il m'arrive quoi que ce soit tant que je suis sous ta responsabilité, c'est ça ? Il faudrait t'expliquer ensuite avec mon frère... Mais je suis libre, Nick. Je suis seule responsable de moi-même ! Et rien ne t'obligeait à venir me chercher à Zanzibar.

Nick fronça les sourcils.

— Quoi ?

— Tu aurais pu me laisser à l'hôtel.

Il me regarda comme s'il m'était poussé une seconde tête.

— Sérieusement ?

— Mais oui, assurai-je. Je m'en serais très bien sortie toute seule.

— Tu m'as appelé au secours. Tu semblais tout sauf maîtresse de la situation. Plutôt affolée et désemparée, il me semble. Perdue, en somme. Crois-tu sérieusement que j'aurais pu ignorer cela ?

Non, certainement pas, reconnus-je à contrecœur en le regardant porter la bouteille à ses lèvres et engloutir la moitié de son contenu. En dépit des apparences cet homme n'avait pas que des défauts. Cela me fendait le cœur, mais sa droiture morale, entre autres, était incontestable. Il avait rendu à sa mère au centuple les sacrifices consentis pour qu'il réussisse dans la vie. Il avait sorti mon frère du pétrin au moment où sa start-up battait de l'aile et pris en charge la thérapie de ma mère…

Moi aussi, il m'avait sauvée plus d'une fois du pétrin. Outre cette fête pas drôle à Londres dont il m'avait extraite pour me raccompagner en voiture, il y avait eu ce jour – j'avais quoi, douze ans ? – où il avait dispersé une bande de filles qui me harcelaient à la cantine pour des raisons depuis longtemps oubliées. Ou cet autre, où il avait expulsé *manu militari* un type qui devenait un peu trop tactile avec moi dans la boîte de nuit où nous fêtions les vingt et un ans de Seb…

— Soit, dis-je, exaspérée. J'étais en vrac, je ne t'ai pas réellement laissé le choix. Mais tu fais erreur sur un point…

— Lequel ?

— Tout ça, dis-je avec un geste large vers le hall, la villa, les fenêtres verrouillées et enfin vers lui et son air courroucé, c'est incontestablement ma faute !

Nick leva les yeux au ciel.

Ce fut la goutte de trop.

Brusquement j'en eus assez. Assez de son arrogance, de sa défiance permanente à mon égard. Assez de me sentir humiliée face à lui, et d'être incapable de balayer tout cela d'un revers de main. Cela n'avait que trop duré. Ras-le-bol !

J'avais soudain *besoin* de savoir précisément ce que Nick pensait de moi et pourquoi. Je voulais des explications, c'était la seule façon de pouvoir apaiser les choses. Car au fond de moi cette animosité entre nous qui tournait à la guerre d'usure me pesait. À force, nos accrochages me blessaient plus que je ne m'étais autorisée à me l'avouer. Je ne supportais pas l'idée de le revoir à chaque retour de mon frère des États-Unis, ou même de le croiser par hasard et de sentir aussitôt le malaise me gagner et me déstabiliser, faute de comprendre ce qui se cachait derrière ce mépris outrageant.

Pourquoi refusait-il de voir que j'avais changé ? D'entendre mes excuses pour les erreurs commises au fil des ans ? De m'accorder le pardon dont j'avais désespérément besoin ?

J'avais beau faire, je n'arrivais pas à prendre du recul pour me détacher de cette histoire somme toute futile. Pour être tout à fait honnête, je n'étais pas seulement agacée par l'attitude de Nick ces dernières années. Elle m'humiliait aussi profondément. Or j'avais ici et maintenant l'opportunité de rectifier les malentendus. Sans cela, je quitterais l'île sans avoir obtenu de réponses et nos rapports resteraient aussi tendus qu'avant. Et sans bien savoir pourquoi, j'étais certaine, sincèrement, de ne plus pouvoir le supporter.

— Quel est ton problème avec moi, précisément, Nick ? demandai-je.

Il se figea une nouvelle fois et plissa les yeux.

— De quoi parles-tu ? Je n'ai pas de problème avec toi.

— Arrête ! dis-je en quittant d'un bond le canapé. À chacune de nos rencontres, tu ne peux pas t'empêcher de me regarder d'un air réprobateur. Tu en trembles presque ! Le mépris te sort par tous les pores. Tu me fusilles du regard depuis ce fameux après-midi à la piscine il y a plus de dix ans ! Je peux le comprendre, j'étais horrible à l'époque. Une enfant gâtée égoïste et arrogante. Je ne me suis pas mieux comportée cinq ans plus tard, lorsque tu m'as proposé ce prêt, ou ce cadeau, peu importe, j'en ai conscience. Cette fois-là, à ma décharge, ma vie venait de basculer. J'avais perdu d'un coup ma maison, ma place à l'université, ma famille. Je ne savais même plus qui j'étais… Je n'avais plus la tête à l'endroit. Je souffrais. J'étais mortifiée. Mon père venait de mourir, ma mère ne m'aidait pas et mon frère était aux États-Unis. Je n'avais personne vers qui me tourner. Mon petit ami m'avait lâchée, comme tous mes amis d'ailleurs, qui se sont évaporés du jour au lendemain…

— Pas moi.

— Tu n'étais pas un ami, toi !

À ces mots, Nick se rembrunit un peu plus.

— Si tu le dis, murmura-t-il.

— Tu ne me laisses jamais m'excuser pour les mots que je t'ai dits ou le ton sur lequel je les ai prononcés. Lorsque j'essaie de t'expliquer, tu t'en vas. Ou tu évacues mes propos d'un revers de main. Tu restes froid et distant depuis des années et je veux savoir pourquoi, Nick. Je ne suis plus la personne que j'étais. J'ai appris à m'améliorer. À devenir plus aimable. Et je le suis aujourd'hui. Alors pourquoi me détestes-tu toujours autant ?

— Je ne te déteste pas, protesta Nick, les pommettes rouges, un muscle tressautant dans sa joue. Et je n'ai rien à te reprocher. Absolument rien.

— Ah ? Tu fais drôlement bien semblant alors ! À chacune de nos rencontres, lorsque j'essaie de te dire bonjour, tu prends ce petit air ennuyé et tu m'ignores. Tu es venu à mon secours hier à Zanzibar, oui, mais c'était clairement sous la contrainte. Et au dîner, tu as balayé une fois de plus les excuses que j'essayais de te présenter pour ce que j'ai pu dire et faire par le passé. Que suis-je censée en conclure, sinon que je te répugne ?

— Je n'ai jamais voulu cela.

— Et quelle était ton intention, alors ?

— Qu'est-ce que ça peut bien te faire ?

La question brisa net mon élan, au propre comme au figuré. Je me figeai devant Nick, le souffle court, complètement ahurie.

Je n'en avais rien à faire.

Sauf que…

Si c'était vrai, son comportement n'aurait pas le pouvoir de me blesser. Le fait qu'il balaie systématiquement mes excuses ne me hérisserait pas autant. Je n'aurais même pas éprouvé le besoin de m'excuser, pour commencer.

En revanche, si cela me touchait…

Cela expliquerait pourquoi je rentrais chez moi aussi vexée et désorientée après chacune de nos rencontres, pourquoi les piques, les allusions désobligeantes, les silences restaient ensuite incrustés dans ma tête.

Il fallait bien se rendre à l'évidence. Oui, cela m'affectait. Je détestais que Nick se trompe à ce point sur mon compte et tout en ignorant pourquoi, je tenais à ce qu'il révise son jugement erroné et défavorable sur ma personne.

— Je ne sais pas, avouai-je enfin.

— Eh bien, quand tu sauras, fais-moi signe, déclara Nick. Entre-temps, je vais aller jeter un coup d'œil à ce générateur, après réflexion.

7.

Pendant quelques secondes je restai clouée sur place, trop stupéfiée par cette nouvelle dérobade pour trouver quelque chose à répondre. Je regardai le dos puissant de Nick, ses hanches étroites et ses longues jambes s'éloigner vers la porte-fenêtre, point de passage entre la sécurité toute relative de la maison et le chaos sauvage à l'extérieur, et disparaître dans le noir sans une hésitation comme s'il avait le diable à ses trousses, en me demandant s'il avait complètement perdu l'esprit.

La porte claqua derrière lui. Je fermai les yeux, consternée. Que diable se passait-il ? Était-il vraiment plus facile pour lui d'affronter ce temps épouvantable que de répondre à mes questions ? Étais-je tombée si bas dans son estime ?

Quant à savoir pourquoi cette estime était aussi importante pour moi… Nick aurait peut-être la réponse avant moi !

Ma tirade était complètement improvisée. Elle avait surgi de nulle part. Moi-même, je n'en revenais pas. Ma colère avait atteint un point de non-retour, sans doute. Tous les voyants étaient au rouge, elle devait sortir. De là à ce que Nick ressente brusquement le besoin urgent d'aller vérifier le générateur au péril de sa vie… N'avait-il pas expliqué à l'instant que sortir par ce temps serait de la folie ?

Je n'y comprenais plus rien. Tout était si confus ! Une seule chose était claire pour l'instant. Nick se trouvait quelque part là-bas dehors, à la merci d'une nature devenue sauvage et hostile.

Et s'il lui arrivait quelque chose ?

À cette idée, une ribambelle d'images surgirent dans ma tête, plus terrifiantes les unes que les autres. Je les chassai résolument. Pas question d'envisager un monde sans Nick. Pour le meilleur ou pour le pire – surtout le pire, il fallait en convenir – cet homme faisait partie de ma vie depuis dix-huit ans et les choses commençaient tout juste à devenir intéressantes… Mais que pouvais-je faire ? Je me voyais mal lui courir après. Je n'avais pas d'autre choix que d'attendre son retour en priant pour qu'il sache ce qu'il faisait, contrairement aux apparences.

Les minutes s'étirèrent, semblant des heures. Je bus un peu d'eau et grignotai un biscuit. Des craquements sinistres au-dehors me firent tressaillir plus d'une fois. Une porte claqua dans la villa. Arpenter le hall de long en large avait du bon, finalement. C'était presque apaisant. Se tordre les mains aussi.

Je ne pouvais penser à rien d'autre qu'à ce qui se passait peut-être là dehors, tout en m'efforçant de croire au retour de Nick sain et sauf. Il nous restait des points à éclaircir, des pistes à explorer, même si les détails m'échappaient encore.

Et puis, s'il lui arrivait quelque chose, comment allais-je l'annoncer à sa mère ? Elle avait consenti tant de sacrifices pour lui, son fils unique, géré trois boulots de front… Certes, Nick avait plus que remboursé sa dette en lui achetant une maison et en la soutenant dans sa reconversion dans l'enseignement, mais elle s'était battue infatigablement pour lui offrir un avenir meilleur. S'il devait lui arriver malheur ce soir, dans des circonstances aussi absurdes…

Je n'arrivai pas au bout de cette pensée. La porte-fenêtre par où Nick était sorti s'ouvrit à la volée en rebondissant sur le mur avec fracas. Je sursautai et me retournai.

Il pénétra dans la pièce, trempé jusqu'aux os, la pluie dégoulinant de ses épaules, et batailla pour refermer le battant derrière lui. La chemise lui collait au corps, le jean avait viré au bleu marine, une flaque se formait à ses pieds, mais il était vivant, Dieu merci, et semblait entier. Un soulagement si intense m'envahit que mes genoux se mirent à trembler… avant que la colère ne prenne le dessus.

— Tu es complètement dingue ! criai-je en titubant jusqu'à lui. Qu'est-ce qui t'a pris de sortir, bon sang ? Comment as-tu pu te montrer aussi irresponsable ?

— J'avais besoin de prendre l'air, dit Nick en dégageant l'eau de ses yeux du revers de la main.

Prendre l'air ? Il avait bel et bien perdu la tête. La mienne était au bord d'exploser.

— Tu prétendais que tu ne faisais jamais rien de téméraire… Tu aurais pu y rester, Nick !

— Tu t'es réellement inquiétée, dis-moi. Je suis très touché.

Comme il se dirigeait vers la salle de bains du rez-de-chaussée, laissant un petit ruisseau dans son sillage, je lui emboîtai le pas, un peu hagarde, sans savoir si je voulais le serrer dans mes bras ou l'étrangler. Les deux, sans doute, car j'étais plus inquiète que je n'aurais voulu l'admettre, j'étais même franchement bouleversée, ce qui n'avait aucun sens.

— Toqué, tu veux dire ! rétorquai-je en le regardant attraper une serviette pour s'éponger le front. Dire que je t'ai confié ma fortune… C'est moi qui dois être dingue.

— Nous avions besoin d'électricité.

— Elle est revenue ? Je ne vois pas une seule lampe allumée…

— Non, elle n'est pas revenue ! Le problème avec le générateur est plus complexe que prévu.

— Donc, tu as risqué ta vie pour rien…

— Pas pour rien. Pour ma santé mentale.

— Ta *santé mentale* ? Tu plaisantes ?

— Je n'ai jamais été aussi sérieux.

Il abandonna la serviette sur un tabouret et passa devant moi pour gagner l'escalier.

— Honnêtement, je suis si repoussante que ça ? Mes questions étaient trop difficiles, peut-être ?

— Tu ne t'imagines pas à quel point, répondit-il sans se retourner.

— Qu'est-ce que cela signifie ?

— Dieu seul le sait…

— Tu es en plein délire.

— C'est toi qui me rends fou.

Ah, c'était facile pour lui de ronchonner et de m'envoyer promener. Ce n'était pas lui qui était resté ici, seul, à imaginer le pire ! La frousse qui m'avait tordu le ventre m'étonnait encore moi-même. C'était une première pour moi et j'espérais bien ne jamais renouveler l'expérience.

— Si je réagis comme ça, c'est parce que j'ai eu très peur, tu sais, dis-je.

Il s'immobilisa enfin sur la première marche et se retourna. Son regard, intense, fiévreux, se vrilla sur moi.

— Tu as eu vraiment peur pour moi ?

— Oui.

— Pourquoi ?

Voilà que cela recommençait. Encore une question trop précise, à laquelle j'étais incapable de répondre, et qui m'embrouilla un peu plus les idées. Je passai d'un pied sur l'autre, embarrassée. Ma gorge serrée ne laissa passer que la plus superficielle des explications.

— S'il t'était arrivé quelque chose de grave, que serait devenu mon argent ? Et moi, qu'est-ce que je serais devenue ?

Une ombre de sourire étira ses lèvres.

— Tu as connu pire et tu as survécu. Et tu aurais vite trouvé un autre conseiller financier.

— Je n'en veux pas d'autre, répliquai-je. C'est toi que je veux.

Au lieu de se sentir flatté d'avoir été élu par moi parmi tous les acteurs de la planète finance, pour toute réponse Nick partit d'un rire amer qui me laissa perplexe.

— Au moins tu es revenu sain et sauf, ajoutai-je d'une voix plus calme, la peur refluant et mon sang-froid refaisant surface. Indemne, a priori.

— Bien sûr.

Mais lorsque Nick posa la main sur la rampe pour reprendre son ascension, je perçus comme une anomalie. Il utilisait sa main gauche pour se tenir, et non la droite.

Après réflexion… Il ne s'était pas du tout servi de sa main droite depuis sa réapparition fracassante. Le voyant de dos à présent, je repérai une déchirure dans sa chemise au niveau de l'épaule droite, et une tache sombre sous le coton gris détrempé.

— Tu n'es pas tout à fait indemne, n'est-ce pas ? lançai-je, la gorge nouée.

Il s'arrêta au milieu de la volée de marches et baissa la tête.

— Tout va bien.

— Qu'est-ce qui s'est passé ?

— Une tuile s'est détachée du toit, comme je l'avais pressenti. Ce n'est rien, juste une égratignure.

Si le sang avait traversé l'épaisseur de la chemise, c'était un peu plus qu'une égratignure. Mais surtout, si la tuile l'avait heurté quelques centimètres plus à gauche…

— Tu as eu une chance incroyable qu'elle ait manqué ta tête…

— Pas si sûr, marmonna-t-il. Cela m'aurait peut-être remis du plomb dans la cervelle.

— Laisse-moi jeter un coup d'œil.

Il se tourna légèrement dans ma direction, la mâchoire crispée.

— J'ai dit : tout va bien.

— Non, tout ne va pas bien. Tu saignes abondamment.

— Tu exagères…

— En es-tu si sûr ? Tu ne peux pas voir dans ton dos.

— La plaie se refermera vite.

— À quoi bon serrer les dents et souffrir en silence ?

— À quoi bon faire des histoires ?

— Arrête…

— Je ne veux pas que tu me touches.

À l'entendre, c'était un sort pire que la mort. Je me sentis flancher, piquée au vif. Quoi qu'il ait prétendu avant de sortir en trombe de la maison, cet homme me trouvait réellement repoussante…

— Je n'en ai pas particulièrement envie non plus, répliquai-je en redressant le menton. Mais laisser la plaie s'infecter, c'est bien la dernière chose dont nous ayons besoin l'un et l'autre aujourd'hui.

Un moment, je crus qu'il allait continuer à résister. Je pouvais presque voir la bataille qui se jouait en lui contre le bon sens. Pour finir, il tourna vers moi un regard un peu adouci.

— Soit, dit-il.

— As-tu une trousse de secours ?

— Dans la cuisine. Le placard en haut à gauche.

— Je vais aller la chercher. Toi, tu viens t'asseoir par ici.

Je m'éclipsai aussitôt, infiniment soulagée d'avoir gagné au moins ce duel-là.

À mon retour dans le hall, je trouvai Nick assis sur une des petites tables en bout de canapé, débarrassée de la lampe et détachée du mur. La souffrance se lisait sur son visage blême sous le bronzage.

Je posai la trousse sur la console et m'approchai pour me placer derrière lui.

— Retire ta chemise.

Il se tendit aussitôt. Je déglutis. Alors que le chaos se déchaînait au-delà des murs, tout semblait très calme et tranquille ici à l'intérieur. Sauf mon pouls. Qui galopait et résonnait dans mes oreilles.

Je ne m'étais jamais trouvée aussi proche de Nick jusqu'à présent. Je n'avais jamais eu conscience à ce point des zones de mon propre corps qui réagissaient à sa proximité, sa chaleur. J'aurais dû me féliciter de ne pas voir son visage, ni ses longs doigts déliés dégrafant les boutonnières et révélant lentement la peau dorée, centimètre après centimètre, mais mon imagination, la traîtresse, se chargeait de compenser cette lacune.

Il retira enfin le tissu trempé avec précaution, le côté droit d'abord, puis le gauche, et je n'eus bientôt plus rien à imaginer. Là, sous mes yeux, s'étalait une large parcelle de peau douce et hâlée recouvrant des muscles bien dessinés dont je n'aurais jamais pensé qu'il les possédait. La dernière fois que je l'avais vu torse nu, c'était un adolescent de dix-huit ans dégingandé qui était reparti furieux lorsque je lui avais signifié d'un ton narquois qu'il n'était pas assez bien pour moi. Treize ans avaient passé depuis. Il s'était étoffé. C'était même peu de le dire.

Il se pencha en avant, les coudes calés sur ses cuisses, et j'absorbai un moment le spectacle qui s'offrait à moi, fascinée par les ombres dansantes que projetait sur lui la lumière vacillante des lanternes, émerveillée par la vigueur du haut de son corps. Jusqu'au moment où mon regard tomba sur la coupure. À mon vif soulagement elle semblait moins profonde que je ne l'avais craint. Cette vue m'arracha net à ma torpeur.

Il était temps. Je pris conscience que j'avais serré les poings pour empêcher mes mains de se tendre vers lui pour le caresser. Je m'étais aussi légèrement penchée en avant sans le vouloir, alléchée par son odeur, cocktail grisant de sueur salée, de pluie tropicale et de pure virilité, au risque de basculer sur lui et d'aggraver sa blessure…

Je me redressai vivement et détendis mes doigts. Nick était mon patient. Mon rôle était de le soigner. Un minimum de concentration s'imposait.

J'ouvris la trousse pour en extraire une bouteille d'alcool, dont je versai quelques gouttes sur une compresse.

— Vas-y doucement, murmura Nick.

— Je vais essayer. Mais ça va piquer de toute façon.

J'approchai la gaze du bord de la coupure. Il tressaillit.

— Pardon…

— Pas grave.

— Je ferai aussi vite que possible. Au moins, ça ne saigne plus.

— Je t'avais bien dit que tu exagérais.

— Une fois la plaie nettoyée, dis-je en me retenant de lever les yeux au ciel, j'appliquerai une crème antiseptique, puis un pansement.

— Une vraie petite Florence Nightingale !

— Je sais parfois me rendre utile.

— Tu es donc plus qu'un joli minois…

Je restai bouche bée.

— Pardon ? Tu… tu viens de dire que je suis jolie ?

— Oublie, grommela Nick. Après réflexion, j'ai dû aussi recevoir un coup sur la tête. J'ai peut-être même un traumatisme crânien.

Oublier ça ? Et puis quoi, encore ? Sincère ou non, un compliment, un vrai, était bel et bien sorti de sa bouche. Le tout premier de notre histoire commune ! De quoi me donner le tournis. J'aurais vraiment aimé voir son expression, là tout de suite. Que se passait-il donc ?

— Ne bouge pas, marmonnai-je.

— Je n'ai pas remué un cil.

Alors c'était sûrement la pièce qui vacillait. Ou moi. Mes mains tremblaient un peu. Mes bases n'étaient plus très stables. Nick Morgan, entre tous, me trouvait jolie ! Je n'arrivais pas à le croire, encore moins à comprendre pourquoi il avait choisi ce moment pour me le dire.

Un trauma crânien. Il n'y avait pas d'autre explication.

Respirant doucement pour me ressaisir, j'appliquai la crème antiseptique sur la blessure en essayant d'ignorer le fait que j'étais en train de le toucher, de masser sa peau merveilleusement douce en petits cercles lents, hypnotiques.

D'ignorer aussi combien il serait facile pour ma main de dériver, d'élargir les cercles jusqu'à englober toute la largeur des épaules et de glisser plus bas. D'ignorer surtout les drôles de palpitations naissant entre mes jambes à cette idée, et la chaleur qui m'envahissait.

Bataillant contre le besoin de libérer ces pulsions grandissantes, je me demandai comment réagirait Nick, si je lâchais prise. Que ferait-il ? Se lèverait-il d'un bond, horrifié… ou me laisserait-il poursuivre ? Si oui, jusqu'où ? Pourrais-je enfouir les doigts dans ses cheveux… Glisser les mains autour de sa poitrine… Presser mes lèvres sur sa nuque ?

À travers la brume qui entravait mes facultés de réflexion, je le sentis qui retenait son souffle. Quelque chose céda dans son corps, sa tête bascula en avant. Il semblait défait.

— Assez, dit-il.

— Quoi ?

— J'en ai assez. Je ne peux plus supporter ça.

— D'accord. Désolée.

La brume se déchira d'un coup. Je retirai vivement mes mains, effarée à l'idée qu'il puisse penser que je le tripotais contre sa volonté.

— Je ne parlais pas des soins, dit-il. Tu peux continuer, pas de problème.

— Mais… De quoi parlais-tu alors ?

Il garda le silence une bonne minute, puis il poussa un soupir. Un long frisson le secoua.

— Veux-tu vraiment savoir pourquoi j'ai gardé mes distances vis-à-vis de toi pendant toutes ces années ? demanda-t-il à voix basse.

Cette voix grave griffa mes nerfs à vif et me fit frissonner à mon tour. Elle eut tout au moins le mérite de m'arracher à mes fantasmes pour me ramener à la réalité.

Je n'hésitai pas longtemps. Une partie de moi-même redoutait l'humiliation après ce qu'il pourrait révéler et résistait encore, mais je m'accrochai à la partie plus courageuse, celle que notre antagonisme exaspérait et qui était impatiente de savoir ce qui n'allait pas.

— Oui, répondis-je dans un souffle.

— Tu te rappelles ce que tu portais, ce fameux après-midi au bord de la piscine ?

Je saisis une serviette qui traînait et fronçai les sourcils. Je ne m'attendais pas à une question aussi triviale.

— Non…

— Un bikini rose, avec de minuscules cerises rouges imprimées un peu partout, reprit Nick d'une voix bourrue. Avec un sarong blanc noué à la taille. Tes cheveux étaient retenus par des lunettes de soleil et tu avais une chaîne en or autour de la cheville droite.

— Que de détails !

— Je me souviens de tout.

— Normal. C'était un après-midi mémorable. Dans le mauvais sens du terme, hélas.

Et pour cause, il avait transformé une relation qui n'en était pas tout à fait une en une décennie d'hostilité glaciale.

— Je ne t'avais pas vue depuis un bout de temps, dit Nick. Tu avais grandi. Brusquement, tu étais devenue la créature la plus sexy que j'aie jamais vue. J'étais ébloui. Instantanément chaviré de désir. Je titubais encore lorsque tu t'es faufilée jusqu'à moi pour exiger que je vienne faire la conversation avec toi et tes amies, comme si j'étais un pantin sur lequel tu avais tout pouvoir. Puis tu m'as remis à ma place et cela aurait dû étouffer dans l'œuf le désir, mais pas du tout ! Cela m'a mis en colère, plus encore que tes insultes. Comment pouvais-je aspirer aussi violemment à posséder quelqu'un qui me méprisait autant ? Cela n'avait aucun sens. Il fallait que je t'évite, pour ma tranquillité d'esprit. Et puisque l'attirance ne faiblissait pas comme je l'avais espéré, et qu'elle n'était pas réciproque, clairement, j'ai continué à garder mes distances.

Un silence assourdissant suivit ses mots. Je restai là,

assommée, sans voix, à essuyer machinalement mes doigts sur le chiffon alors que les restes de crème désinfectante avaient disparu depuis un moment, incapable de traiter cette pluie de faits nouveaux et totalement inattendus.

Le choc était violent, tellement énorme que tout se bousculait dans ma tête. La longueur de ce discours… Sa conviction erronée qu'il ne m'avait jamais attirée… Le désir qu'il éprouvait pour moi à une époque, et peut-être encore aujourd'hui…

Non, cela, c'était impossible. Toutes les évidences suggéraient le contraire.

Et pourtant…

Une succession de souvenirs récents, mon arrivée le premier jour, le dîner de la veille, quelques détails ce matin, défilèrent dans ma mémoire, fissurant le barrage du déni. Je me mis soudain à douter.

Et si la brusquerie avec laquelle il avait lâché ma main sur le ponton à mon arrivée sur Suza signifiait que le contact avait eu sur lui le même impact électrisant que sur moi ?

Et si ces regards sombres qui me balayaient souvent de la tête aux pieds n'étaient pas destinés à trouver quelque chose de mal, mais le signe qu'il était incapable de résister à la tentation de me dévorer des yeux ?

S'il était soudain de mauvaise humeur hier soir, était-ce d'avoir perdu la bataille contre l'attirance qu'il revendiquait envers moi ?

Et tout à l'heure, lorsqu'il m'avait dit que nous n'avions plus qu'à « patienter » jusqu'à la fin de la tempête, et que j'avais eu l'impression qu'il avait d'autres plans en tête… Se pouvait-il que mon intuition ait été juste ? Et qu'il songe à s'embarquer avec moi, ici et maintenant, dans une tempête d'un tout autre genre ?

Pouvais-je avoir été aveuglée par mes complexes au point de me méprendre sur toute la ligne ?

Je pris subitement conscience que c'était tout à fait possible.

À toutes ces questions, ces suppositions, la réponse pouvait très bien être : oui.

— Hier après-midi, murmurai-je, lorsque je parlais de la protection du milieu marin, tu regardais ma bouche…

— Je la voulais sur la mienne, dit Nick d'une voix rauque. Je la voulais sur moi, partout. Après ton départ en balade, je pensais qu'une douche glacée réglerait le problème, mais je me trompais. J'ai essayé de te voir comme une sœur, mais ça n'a pas fonctionné non plus. Jamais je n'ai éprouvé une frustration pareille. Et le pire, c'est que tu ne t'es jamais rendu compte de rien.

— Mais… Tu sors toujours avec des blondes grandes et minces, bredouillai-je.

— Dans le seul but de me débarrasser de mon obsession absurde pour une petite brune.

— Je ne suis pas si petite que ça !

— Absolument tout est parfait chez toi, déclara Nick tout à trac.

Mon cœur bondit dans ma poitrine. *Qui* était donc cet homme ?

— Le jour de mon arrivée ici, tu as laissé entendre que tu avais hâte de me voir repartir, murmurai-je.

— Je n'étais pas sûr de tenir le coup, seul avec toi. J'étais irrité de me retrouver dans cette situation, faute d'avoir anticipé la chose.

— C'était grossier de ta part.

— Mais nécessaire. L'instinct de préservation, en quelque sorte.

— Ton attitude ensuite n'a pas été franchement amicale, objectai-je encore.

— Comme tu t'entêtes à le souligner – comme si je risquais de l'oublier ! –, nous ne sommes pas amis. Même si nous l'étions, tu dois comprendre à ce stade que ce n'est pas de l'amitié que je ressens pour toi.

J'avalai péniblement ma salive.

— Pourquoi ne m'as-tu jamais rien dit ?

— Je ne suis pas masochiste à ce point.

— Alors pourquoi le dire maintenant ?

— Parce qu'il faut que ça s'arrête, marmonna Nick en soupirant. Cela dure depuis beaucoup trop longtemps, j'ai besoin de tourner la page. J'ai besoin que tu te moques de moi comme le jour de la piscine, en me disant que je n'ai jamais eu la moindre petite chance avec toi et que je n'en aurai jamais. Si ce n'est pas maintenant, alors que nous sommes coincés ici sans aucun moyen de fuir, alors, quand ?

La tête me tournait. Je pouvais faire ce qu'il me demandait. C'était facile. Une remarque cinglante, bien ciblée, et le tour serait joué. Tout serait fini.

Seulement, je n'en avais pas envie.

En outre, ce serait un mensonge.

Je ne pouvais plus me raconter d'histoires, mettre la tension électrique qui faisait grésiller mon corps tout entier sur le compte du stress ou de la météo. Tout ce qui m'avait paru incompréhensible, confus, devenait soudain clair comme le cristal.

Les pièces du puzzle avaient toutes enfin trouvé leur place et je comprenais mieux à présent ce qui s'était passé ces treize dernières années. En dépit de mes efforts, je n'avais pas surmonté mon béguin. Loin de là. Derrière la posture hautaine de Nick et ma frustration blessée, sous la couche épaisse d'hostilité glaciale et de politesse forcée entre nous, bouillonnait une attirance mutuelle, née au bord d'une piscine et jamais disparue depuis.

Voilà pourquoi sûrement je ressentais quelquefois le besoin urgent, irrésistible, de provoquer une réaction chez lui. Voilà pourquoi je n'avais jamais tenté de l'accueillir en l'embrassant durant toutes ces années, prenant toujours grand soin de ne pas le toucher. Inconsciemment, je savais que tout cela aurait allumé un grand feu inextinguible dans mon corps.

Dans ces conditions, à quoi bon faire comme si je ne voulais pas de Nick, alors que tout attestait que ce serait de l'hypocrisie pure et simple ? D'autant plus que cette inclination, contre toute attente, semblait réciproque. J'avais envie qu'il me touche. Je rêvais de sa bouche. Si j'étais devenue experte dans l'art de me priver des bonnes choses de la vie – je n'avais pas eu le choix –, rien ne m'obligeait à me refuser cela. Ses caresses et sa bouche m'étaient offertes. Tout ce que j'avais à faire, c'était l'admettre. Le défi n'avait rien d'insurmontable.

— Je ne peux pas faire ça, dis-je enfin, brûlant d'impatience de découvrir ce qui pourrait se passer ensuite.

Nick se crispa aussitôt.

— Pourquoi ? L'idée de me torturer encore t'amuse à ce point ?

— Oh ! Pas du tout.

— Alors explique-toi.

Par miracle, j'eus la présence d'esprit de lâcher la serviette pour fouiller la trousse en quête d'un pansement.

— J'ai peut-être oublié ce que je portais au bord de la piscine ce jour-là, dis-je, mais je me souviens de ta tenue à toi. Un short de plage noir. Rien d'autre. Je ne t'avais pas vraiment remarqué jusque-là, mais mes amies parlaient de toi, de ton charme sombre, irrésistible, et brusquement… je ne voyais que toi. Tu m'as complètement chamboulée. Je n'ai pas très bien pris ton rejet et, immature comme je l'étais, j'ai riposté. Puis j'ai passé les trois années suivantes à faire la fête sans arrêt, dans l'idée d'expulser ma honte et en même temps, mon attirance pour toi.

Silence.

Puis Nick demanda à voix basse :

— Y es-tu parvenue ?

— Je le croyais.

— Et… ?

— Et récemment, certaines raisons m'ont amenée à réviser mon opinion.

— Quelles raisons ?

Mon cœur se mit à battre à coups redoublés.

— Je dois vraiment te faire un dessin ?

— Je ne veux plus aucun malentendu, répliqua Nick.

Moi non plus. Je me mis en devoir d'appliquer le pansement. Mes doigts tremblaient, au plus mauvais moment.

— Si je te regarde aujourd'hui, il me vient comme une ivresse. Si tu me regardes, je me sens toute fiévreuse. Des visions me viennent sans arrêt, je me vois t'embrasser, je te vois nu. Tu n'as pas idée des choses que j'ai imaginées toute la semaine dernière. Te toucher comme cela, ce n'est pas assez. Je veux te toucher partout. Mais ce serait malvenu, dans ton état. En outre, nous avons terminé.

— Malvenu ? Sûrement pas, dit Nick d'une voix si éraillée que je ne pus réprimer un frisson. Et tu sais quoi ?

— Non…

— Nous sommes loin d'en avoir terminé.

8.

Le temps que je reprenne mon souffle, Nick était déjà debout. Il se retourna vers moi. Tétanisée, je ne pensai plus qu'à une chose, ce torse puissant, hâlé, couvert d'un duvet très fin, plus magnifique encore que tout ce que j'avais imaginé, qu'il avait dévoilé quelques instants plus tôt.

— Tu me désires, gronda-t-il.

Je relevai les yeux pour accrocher les siens et ne bougeai plus, le cœur fou et le corps tout frémissant d'impatience.

— Toi aussi, n'est-ce pas ? répliquai-je.

— Qu'allons-nous faire, alors ?

La question n'exigeait pas de réponse. La suite tombait sous le sens et j'en avais tellement envie que cela tenait du supplice.

Seulement…

— Je devrais te répondre : rien.

Nick plissa les yeux.

— Rien ?

— Tu es blessé.

— Tu m'as appliqué un pansement.

— Et tu m'as demandé toi-même d'y aller doucement…

— J'ai changé d'avis.

L'intensité avec laquelle il me regardait fit vaciller ma résolution. Ces flammes dans ses yeux ! J'eus la sensation de pénétrer dans un haut-fourneau. Je me demandais depuis longtemps ce qui se ferait jour s'il baissait la garde. À présent je savais. Regard aiguisé. Attention maximale.

Une convoitise plus violente et sauvage que dans mes rêves les plus débridés. Tout cela, incroyable mais vrai, j'en étais l'unique cible.

— Et… que devrions-nous faire, d'après toi ? demandai-je d'une voix méconnaissable.

— Ce que nous aurions dû faire il y a dix ans.

— C'est-à-dire ?

Son regard d'encre étincelant s'abaissa sur ma bouche. Je retins mon souffle.

— Ceci, dit-il.

Il fit un dernier pas vers moi, me prit dans ses bras et écrasa sa bouche contre la mienne.

Son baiser me fit l'effet d'un détonateur.

Une boule de feu se répandit dans mon corps à la vitesse de la lumière. J'enroulai un bras autour de son cou du côté de l'épaule valide, l'autre autour de sa taille, le touchant enfin comme j'en avais désespérément besoin. Ce fut électrisant. Son corps était puissance et chaleur, la force et la soie. Des sensations étourdissantes me submergèrent…

Il glissa les doigts dans mes cheveux pour incliner ma tête et approfondir le baiser avec une fougue qui m'arracha un gémissement. Je lui rendis ardemment ce baiser tandis qu'une vague brûlante déferlait dans mes veines. Il m'entourait. M'enveloppait. Je ne voyais et ne sentais que lui. Vertige de tous mes sens… La vigueur de son érection, qui se pressait durement contre mon ventre, éveilla des palpitations au plus profond de moi.

Un grognement m'échappa lorsqu'il détacha sa bouche de la mienne pour la poser sur mon cou. D'instinct ma tête bascula, lui offrant un libre accès dont il tira aussitôt profit, prenant tout son temps pour explorer ma gorge avant de s'attarder sur le pouls qui battait fort, juste là…

Et puis la main qui n'était pas dans mes cheveux vint retrousser mon pull pour se planter sur mes reins et m'attirer plus étroitement contre lui. J'eus la sensation d'être marquée.

Secouée de frissons, je fis voyager des doigts tremblants sur son dos, son torse, suivant le tracé de muscles d'acier, la tête vide, obsédée par une pensée et une seule. Là, sous mes mains, c'était Nick. *Nick !* Que je connaissais depuis dix-huit ans, et dont j'ignorais tout.

Comment avais-je pu trouver cet être froid et distant ? C'était incompréhensible. Nous générions là assez de chaleur pour alimenter une centrale, plus d'électricité que le réseau national. Il n'était ni guindé ni méprisant. Plutôt un volcan en fusion, débordant de désir, et pour une raison qui m'échappait complètement, c'était moi qu'il désirait.

Je perçus vaguement un éclair suivi d'un grondement de tonnerre au-dehors, comme un écho de l'orage qui venait d'éclater en moi. Nick se détacha de mes lèvres. Avec une urgence plutôt flatteuse, il m'entraîna vers une console sur laquelle il balaya d'un revers de main bouteilles, vivres et lampes comme s'il avait une seule idée en tête, et les deux épaules en bon état.

Pendant ce temps, respirant fort à m'en faire mal aux poumons, je fis passer mon sweat-shirt par-dessus ma tête. Puis je me débarrassai vite fait de mon legging et de ma culotte, tandis que Nick en faisait autant avec sa ceinture et son jean mouillé. Très vite sa bouche couvrit de nouveau la mienne et ses mains se plaquèrent sur l'arrière de mes cuisses. Il me souleva comme si j'étais une plume et m'installa sur la console. J'ouvris les genoux, il s'engouffra aussitôt dans cet espace tout chaud, pile où la brûlure était la plus vive et où j'avais désespérément besoin de lui.

Sa main se posa en coupe sous mon sein lourd, gonflé de désir. Une caresse du pouce sur le mamelon, et une gerbe d'étincelles fusa dans mon corps, mais nous avions déjà à notre actif plus d'une décennie de préludes… et devant nous toute la durée de la tempête pour « patienter ». À ce stade, il y avait une réserve conséquente de désir à assouvir, une vraie bombe à retardement. Je tremblais si fort que j'allais exploser si je ne possédais pas Nick dans les trente secondes suivantes.

De très loin, je m'entendis gémir contre sa bouche.

— Je te veux en moi, maintenant…

— Pas de problème.

Il me saisit aux hanches, je m'accrochai à son cou et d'une seule poussée, il s'enfouit en moi, si profondément que je vis soudain des étoiles. Littéralement.

L'espace d'un moment hors du temps, aucun de nous ne bougea. Haletants, nous nous regardions simplement l'un l'autre et je savais que le choc qui se lisait dans ses yeux, son incrédulité devant ce qui était en train de se produire, se reflétaient dans les miens.

Tout semblait figé autour de nous. Je n'entendais plus que mon sang rugissant dans mes oreilles. À mesure que s'égrenaient les secondes, ma gorge se noua, mon cœur se mit à gonfler jusqu'à se presser contre mes côtes. À ma grande horreur, un picotement suspect me chatouillait déjà les yeux. Alors, je saisis la tête de Nick et l'embrassai à pleine bouche. Comme je l'espérais, une onde de chaleur incandescente balaya ce pic d'émotion malvenu.

Jurant tout bas contre mes lèvres, Nick frémit avant d'entamer un lent va-et-vient. J'enroulai aussitôt mes jambes autour de ses hanches et, prenant soin de ne pas déloger le pansement que je venais d'appliquer sur son épaule, je m'arrimai à lui comme si ma vie en dépendait, concentrée uniquement sur mes sensations.

Et chaque poussée confiante, gorgée de vigueur, m'en offrait de nouvelles. Nick frappait un point précis au fond de moi avec la précision d'un rayon laser. Il n'avait pas besoin d'indications. Il n'avait pas besoin de validations. C'était comme s'il me connaissait, moi, ou plutôt mon corps, mieux que moi-même. Je n'avais rien d'autre à faire que me laisser aller sur ces montagnes russes, ce manège enchanté fonçant de sommets étourdissants en plongeons vertigineux.

Sous mes paumes ondoyaient les muscles de ses épaules et de son dos. S'il accélérait l'allure, la tête me tournait. À l'amorce d'un ralenti elle tournait plus fort encore. Mes seins frottaient contre sa poitrine et le moindre frôlement me chargeait d'un millier de volts. Je m'arc-boutai contre lui et ma raison s'envola, emportée par le bruit de son souffle de plus en plus saccadé, par ses coups de reins de plus en plus sauvages.

Je n'en menais guère plus large, fébrile, avide d'atteindre quelque chose que je sentais juste hors de ma portée, oh ! à peine… J'avais envie de le mordre pour le goûter, de lui faire toutes sortes de choses aussi merveilleuses que perverses. Il ne m'en laissa pas le temps. Comme s'il avait lu dans mes pensées, sa main lâcha ma hanche et se faufila entre nous, vers le point le plus sensible, et une poignée de secondes plus tard je jouis si violemment que je crus m'évanouir.

La déflagration me secoua de part en part, vague après vague de plaisir indicible, avec une telle force que je ne cessais plus de trembler dans ses bras. Comme j'arrachais ma bouche à la sienne, en quête d'oxygène, il enfouit le visage dans mon cou et plongea une dernière fois, sans douceur ni retenue, et explosa à son tour avec un grognement âpre.

Son cœur battait fort contre le mien. Son souffle me brûlait la gorge, ses épaules tressautaient. Moi, je n'avais tout simplement plus de forces. Pour peu qu'il me lâche, je me répandrais sur le sol, liquéfiée, indolente. Dans ma griserie, je n'arrivais pas à assimiler ce que je venais de vivre – le meilleur moment de sexe de ma vie, avec un homme que j'avais toujours cru détester.

Nous restâmes plaqués l'un contre l'autre un moment, à récupérer de cette tourmente, mais à mesure que nos battements de cœur ralentissaient et que la sueur sur ma peau refroidissait, la réalité reprit ses droits. Les ultimes vestiges de la passion qui venait de chambouler mon monde désertèrent mon corps, cédant place à la gêne.

Nous étions emboîtés l'un dans l'autre. J'étais nue. Le jean de Nick bâillait encore autour de ses cuisses. Sur le sol, en vrac, nos habits, la nourriture. Comment diable gérer l'après ? En battant en retraite chacun dans un coin pour nous ressaisir et restaurer nos défenses mises à mal ? Ou en basculant ensemble sur le canapé pour le deuxième round ?

N'y tenant plus, je rompis le silence la première.

— Eh bien, voilà qui était plutôt inattendu, murmurai-je d'une voix éraillée, desserrant à regret mon étreinte autour de ses épaules.

Il redressa la tête et me fixa, les yeux hallucinés, les pommettes un peu rougies.

— Vraiment ? murmura-t-il.

— Imaginais-tu que cela ressemblerait à ça ? Tu as l'air ébahi.

— Je le suis. Ces moments ont dépassé mes rêves les plus fous, qui étaient pourtant extravagants… Tu es stupéfiante.

Mon cœur se serra. Sûrement un effet à retardement de l'incroyable volupté offerte à l'instant à mon corps.

— Tu es tout le contraire de ce que je croyais, avouai-je en retour. Tu n'es ni froid ni distant. Tu ne me détestes pas…

— Non.

— Je n'aurais jamais deviné.

— C'était l'idée. Imagine le plaisir que tu aurais eu à te moquer de moi. Mon ego ne se serait pas remis de ton rejet.

— Me moquer, moi ? Je me serais plutôt blottie dans tes bras. Mais je peux comprendre que tu aies pensé cela. Désolée.

— Non, dit Nick en secouant légèrement la tête. Si quelqu'un doit présenter des excuses, c'est moi. Je suis allé trop loin.

Un Nick contrit et sous le charme, au regard chaleureux plein de sincérité, c'était un revirement trop violent à assimiler pour moi. Je me dépêchai de revenir sur un terrain plus concret.

— Comment va ta blessure ? demandai-je.

— Quelle blessure ?

— Très drôle…

Un petit sourire au coin des lèvres, Nick fit rouler son épaule sans même ciller.

— Tout va bien.

— Pas moi, murmurai-je. Je m'ankylose.

Il se détacha de moi en douceur. La fermeté de son corps, sa chaleur me manquèrent instantanément. La tentation était grande de tendre les mains pour le ramener vers moi et m'oublier, oublier tout, sous l'assaut de ses baisers ravageurs…

Il se figea subitement et fronça les sourcils. Un frisson d'appréhension me secoua.

— Qu'est-ce qui ne va pas, Nick ?

— Préservatif, murmura-t-il.

Cette effraction brutale de la réalité déchira la brume de bien-être dans laquelle je baignais.

À l'idée des conséquences possibles de cet oubli mon sang se glaça. L'idée de se protéger ne m'avait même pas effleurée… Nous nous étions précipités, saisis d'un même sentiment d'urgence. Si impatients, si avides l'un de l'autre. Si insouciants.

— Je n'y ai pas pensé, dis-je, effarée. Moi qui n'oublie jamais !

Nick recula d'un pas et rajusta son jean d'un air sombre. Plus une trace d'humour ni de désir sauvage sur son visage.

— Ce n'est pas ta faute, dit-il. Moi non plus je n'y ai pas pensé, pour la première fois de ma vie. Je n'étais plus en capacité de réfléchir, encore moins de t'emmener jusqu'à ma chambre à l'étage où il y en a une boîte. Est-ce que tu prends la pilule ?

— Non.

Je me glissai au bas de la console pour récupérer mes habits du bout de mes doigts tremblants.

— Autre chose ?

— Non plus.

Il enfouit les mains dans sa tignasse, puis se frotta les joues tandis que j'enfilais sweat-shirt, culotte et legging, le cœur battant de plus en plus vite à mesure que je calculais les jours.

— Du point de vue du cycle, nous risquons d'avoir un problème, dis-je.

— Il n'y aura pas de problème.

— Pardon ?

Allait-il exhiber comme par magie une contraception d'urgence ? S'imaginait-il qu'il suffisait de croiser les doigts et d'y croire ? Ou parlait-il d'avortement ?

Il ramassa sa chemise encore mouillée et grimaça comme si la seule pensée de la remettre le répugnait.

— Si ce que nous venons de faire doit générer des conséquences, reprit-il, je prendrai soin de toi.

Quoi ?

Je n'étais pas surprise que Nick envisage de prendre ses responsabilités, c'était tout à son honneur. Seulement je n'avais pas passé des années à me construire une autonomie pour y renoncer au premier obstacle. Si en neuf mois, une version miniature de nous deux devait voir le jour, je ferais face comme j'avais appris à le faire, en mettant un pied devant l'autre, le menton haut, déterminée à voir le bon côté des choses. Rien ne pouvait garantir que Nick serait toujours là. Je n'étais pas près de me reposer sur quelqu'un qui me laisserait tomber ensuite physiquement ou sentimentalement, voire les deux, du jour au lendemain.

Cette seule idée me donnait la chair de poule.

— Ce ne sera pas nécessaire, dis-je. J'ai des ressources. Je me débrouillerai.

— *Nous* nous débrouillerons.

— Au moins, nous ne sommes plus au XIXe siècle, tu

n'es pas obligé de m'épouser ou de faire quoi que ce soit si la situation prend un tour inattendu, Dieu merci !

Nick leva vers moi un regard sombre.

— Tu as quelque chose contre le mariage ?

— Ça, tu peux le dire…

— Pourquoi ?

Je fronçai les sourcils. Quelle importance ? Pourquoi insistait-il sur ce point ? N'étions-nous pas censés nous concentrer sur le fait que nous venions d'avoir des rapports non protégés ?

— Nous dévions du sujet, Nick.

— C'est un peu tard, dit-il, jetant finalement la chemise sur le canapé d'un geste vif. Nous ne pouvons plus rien y faire désormais. Allez, fais-moi rire. Raconte.

Il avait raison, le mal était fait. De là à le faire rire… Jamais de la vie ! Il n'y avait rien de drôle dans la désintégration du mariage de mes parents, ni dans le rôle que j'avais joué dans l'histoire, encore moins dans ses conséquences. Mon défaut de confiance en moi, mes doutes sur la personne que j'étais, sur le fait de trouver un jour quelqu'un qui m'estimerait pour moi et non pour ce que j'avais ou n'avais pas, n'étaient pas non plus une source d'amusement.

De plus, je n'avais jamais partagé avec quiconque mes peurs les plus profondes. Je n'avais personne autour de moi d'assez proche pour me confier et je n'aurais même pas su comment m'y prendre, quand bien même je l'aurais voulu, ce qui n'était pas le cas. Et surtout pas ce soir, dans un contexte aussi… déboussolant.

Nick était toujours torse nu et le souvenir de l'effet de ce corps plaqué contre le mien quelques instants plus tôt me troublait encore. Dans mon esprit flottait une image de la très hypothétique conséquence de notre moment de folie – un petit garçon avec les cheveux de Nick et mes yeux bleus peut-être, ou une petite fille aux boucles brunes qui aurait hérité de son regard gris acier.

Ma panique au début, à la pensée d'une grossesse accidentelle, avait été instinctive, le résultat d'un conditionnement social, d'une éducation austère, mais à la vérité je rêvais d'une famille. D'une place à moi. Je rêvais d'amour inconditionnel et d'intégrité, d'un avenir qui rachèterait l'absence cruelle de l'un et de l'autre dans mon passé. Au fond de moi, tout au fond, je regrettais amèrement de n'être pas capable de surmonter les obstacles qui me séparaient de cet avenir-là.

Je me sentais perdue après la demi-heure que je venais de vivre, avec ces pensées qui galopaient dans ma tête à présent, hors de tout contrôle. Perdue et terriblement vulnérable. Pour moi qui m'étais battue pour recouvrer un équilibre, cela frisait l'insupportable.

Le besoin de me protéger en restaurant mes défenses surgit en moi comme une marée montante. Il me fallait à tout prix tenir cet homme à distance.

— Nous avons couché ensemble, Nick, dis-je enfin. De quoi soulager nos frustrations respectives. C'était très agréable, je te l'accorde, mais ce n'était que du sexe. Cela ne t'autorise pas à me poser des questions aussi personnelles ni à t'immiscer dans mon intimité. Lâche-moi, s'il te plaît.

Il secoua la tête. Si j'avais espéré qu'il se vexerait et décamperait aussitôt en claquant la porte derrière lui comme il l'avait fait tout à l'heure, j'allais en être pour mes frais.

— Au moment où nous progressons enfin ? répliqua-t-il en me fixant d'un regard qui me brûla jusqu'à l'âme. Certainement pas.

— Nous *progressons* ? Mais nous n'irons nulle part, Nick.

— Pardon ?

— Tout cela, c'était une exception, dis-je avec un geste nous englobant, lui et moi, ainsi que la console au pied de laquelle gisaient les lampes, les bouteilles d'eau, les petits en-cas. Qui ne se reproduira pas.

— En es-tu si sûre ?

Évidemment que j'étais sûre !

La partie de mon être qui planait encore au souvenir de ce plaisir extraordinaire et qui réclamait une dose supplémentaire n'avait qu'à bien se tenir. Nick n'était pas un type lambda croisé dans un bar que j'aurais ramené chez moi pour la nuit. Il faisait partie de ma vie depuis dix-huit ans. Nous avions des souvenirs en commun. Ensorcelant comme il l'était, il avait tout pour menacer l'armure solide que je m'étais construite à la sueur de mon front. Je ne risquais pas de renouveler l'expérience…

— Cent pour cent sûre, affirmai-je d'un ton péremptoire destiné à éradiquer la pointe de regret qui me traversait malgré tout. C'était une parenthèse, un moment de relâchement, bref mais nécessaire. Rien de plus.

— Et si j'en veux encore, moi ?

— Comment ça… C'est le cas ?

— Mais oui, répondit-il en croisant les bras sur son torse puissant.

— « Encore », c'est-à-dire ? Un jour ? Une semaine ? Combien ?

— Plus que toi, à t'entendre.

— Peu importe, Nick. C'est non.

Il plissa les yeux.

— C'est un non définitif ?

Dieu ! Qu'il était difficile de se concentrer face à Nick campé devant moi, nu jusqu'à la taille dans la lumière tremblante des lampes, tel un dieu grec aussi beau que redoutable. Je devais me ressaisir avant de craquer et de tout lui raconter.

— Je veux dire, je ne recommencerai pas dans l'immédiat. Et certainement pas avec toi.

— Pour quelle raison ?

— Parce que ma vie est trop compliquée et que tu es le meilleur ami de mon frère.

— Et alors ?

— Imagine le malaise, le jour où la nouvelle se répandra…

— Il ne sera pas plus pesant que sur les treize dernières années, rétorqua Nick. Et d'abord, qui te dit que cela se saura ?

— Ni toi ni moi n'avons la moindre expérience d'une vraie relation à long terme. La seule que j'aie entamée s'est soldée par un désastre, les tiennes ne durent pas plus d'un petit mois. Sans compter le fait que… Tu es toi et je suis moi.

— Tu peux être plus claire ?

— Tu es brillant, la réussite te colle à la peau. Tu sais exactement qui tu es, où est ta place, quel est ton but. Moi, je suis une ratée, pas brillante pour un sou. J'ignore absolument qui je suis et où je vais… J'ai grandi en ne manquant de rien, puis j'ai tout perdu et je suis aujourd'hui en passe de revenir à la case départ. C'est incroyablement déroutant. Alors que tu es stable, organisé, chez moi tout est chaos. Je collectionne les problèmes et les complexes. Indépendamment du reste, au vu de nos différences, un gouffre nous sépare.

— C'est ridicule.

À mon tour, je croisai les bras.

— Comment ça, « ridicule » ?

— Tu es tout sauf une ratée. Tu as fait de ton mieux avec la donne que tu avais en main et tu continueras à le faire, assurément. Tes projets d'investissements sont tout à fait sensés. Celui qui concerne la protection du milieu marin est particulièrement bien pensé et même excitant. Tu es une femme courageuse, déterminée, dure au mal. La manière dont tu t'es adaptée aux circonstances force l'admiration. Ta force d'âme est enviable, ton optimisme aussi, et si je n'ai guère apprécié la manière dont tu as refusé mon aide financière à l'époque, j'ai toujours admiré ton orgueil.

Cette déclaration me laissa bouche bée. Des… des *compliments* ? Je cherchai en vain une réplique, mais cela n'avait pas d'importance car Nick n'avait pas terminé.

— En outre, reprit-il, je sais peut-être qui je suis et où je vais, mais ma place, je ne l'ai pas encore trouvée. Loin de là.

À ces mots, mon vertige s'accentua. Nick plaisantait

sûrement. Il était si bien dans sa peau, si sûr de lui ! Confiant jusqu'à l'arrogance… Je n'avais jamais rencontré un être plus à l'aise dans son environnement, dans ses bureaux comme ici dans ce petit paradis.

— Sérieusement ? bredouillai-je.

Il acquiesça. Impossible de déchiffrer son expression dans la lueur faiblissante des lampes qui commençaient à manquer de gaz.

— Sur le plan matériel, dit-il, j'ai grandi avec trois fois rien. Comme mes amis de l'époque, tu le sais. L'avenir semblait complètement bouché. Et puis, j'ai intégré grâce à une bourse cette école où tout le monde respirait la confiance et les bonnes manières, où tout devenait possible, où l'avenir nous tendait les bras. Même le soleil semblait briller plus fort. Je me sentais un poisson hors de l'eau. Je ne parlais pas la même langue que les autres. Je ne m'habillais pas comme eux… Et inversement, au bout d'un moment, lorsque je rentrais à la maison, je ne me sentais plus chez moi dans mon ancien monde. Et pas davantage dans mon nouveau monde, où tout me rappelait que j'étais un cas social.

La pointe d'amertume que je percevais dans sa voix me serra le cœur. J'ignorais qu'il s'était senti humilié à ce point.

— Tu étais une star incontestée pourtant, dis-je. Tu raflais tous les premiers prix, en classe comme sur les terrains de sport… Ce n'était pas de la charité qu'on te faisait ! Le milieu était très concurrentiel. Les victoires, on ne te les cédait pas, tu ne les devais qu'à toi-même. Tu as complètement mérité ta place ici. Bien plus que moi ! Entre nous, Nick, ce n'est pas une coïncidence si mon père a financé le département d'études commerciales de l'école pile l'année où j'y suis entrée…

— Tu le penses réellement ? demanda Nick, les sourcils froncés.

— L'évidence parle d'elle-même.

— C'est ridicule. Tu es l'une des personnes les plus

brillantes que je connaisse. Tu as fini en tête à tes examens et l'université où tu t'es inscrite n'accepte que les meilleurs.

— Peut-être, mais qui te dit que mon père n'a pas payé pour m'y faire entrer ?

— Comment peux-tu avoir une aussi piètre opinion de toi-même ?

Un soupir m'échappa. Cela n'avait pas toujours été le cas, je rayonnais de confiance au début. La catastrophe m'avait conduite à réviser toutes mes croyances. Résultat, j'étais minée par le doute aujourd'hui.

— C'est compliqué, lorsque les gens vous abandonnent les uns après les autres, marmonnai-je.

— De qui parles-tu ?

— Mes copines. Mon petit ami de l'époque. Mes parents. Tous, ils ont brillé par leur absence dès que la situation s'est corsée. Clairement, rien dans ma personne n'était digne à leurs yeux de l'effort de s'accrocher. Comment penser que ce serait différent maintenant ? Même Seb vit à l'autre bout du monde. Toutes ces qualités que tu m'attribues… Elles ne sont pas innées. Je n'ai tout simplement pas eu d'autre choix que de les développer pour survivre.

— Tu te sous-estimes.

— Non. Je sais ce que je suis. Si quelqu'un ici se sous-estime, c'est toi, Nick. Regarde ce que tu as accompli. Des opportunités t'ont été offertes, c'est vrai, mais tu en as fait de l'or. Ce n'est pas le cas de tous les élèves de cette école. Un de mes camarades a fini derrière les barreaux. Tu as manifestement hérité de la conscience professionnelle de ta mère. Ton succès, c'est toi et toi seul qui l'as construit. Si tu as désormais tout ce dont tu peux avoir besoin, tu le mérites amplement.

Nick me fixait avec intensité.

— Je n'ai pas exactement *tout* ce dont j'ai besoin.

Je le revis engloutissant sa nourriture à la cantine. Ou arrivant avec un uniforme de seconde main rapiécé qui faisait de lui une cible facile pour les riches crétins de l'école – dont j'étais, mais sans la fibre harceleuse. Puis défilèrent dans ma tête le coupé sport, les costumes sur mesure et les montres, les appartements-terrasses et l'île tropicale privée sur laquelle nous étions coincés aujourd'hui…

— Tu sembles pourtant très à l'aise dans le monde où tu évolues aujourd'hui.

— J'apprécie les signes extérieurs de la réussite, mais j'ai vu ce qui était arrivé à ton père. Nul n'est à l'abri d'un revers financier. Je ne prends rien pour acquis. Je sais pertinemment que je pourrais tout perdre du jour au lendemain, comme ça, acheva Nick en claquant des doigts.

— Cela semble peu probable, répliquai-je, songeant qu'il possédait des milliards et qu'il n'était pas acharné, lui, à reconquérir une épouse dévoyée. De ton propre aveu tu restes prudent, sauf exception, comme une sortie intempestive en pleine tempête vers le générateur… Et tu ne laisses jamais le privé interférer dans le professionnel. Raison de plus pour tirer un trait sur ce qui vient de se passer. Je suis ta cliente désormais.

— Une cliente pas ordinaire…

— Rien de tout ceci n'est ordinaire.

— Toi moins que tout le reste, dit Nick d'un ton ferme. Ton complexe d'infériorité n'a pas lieu d'être, Amelia. Les différences que tu nous attribues ne sont qu'une vue de l'esprit. Quant à ton frère, ce n'est qu'un prétexte, il se fiche éperdument de ce que nous faisons ensemble. Et pour ce qui est de ce prétendu conflit d'intérêts avec une cliente, je suis trop doué dans mon travail pour m'en soucier.

Il s'avança vers moi d'un pas décidé et mon cœur accéléra brutalement.

— Sache-le, je veux recommencer. Encore et encore… Nous avons des années de temps perdu à rattraper. Il y a aussi certaines choses que j'ai imaginé te faire… Dans mes rêves, tu criais de plaisir et tu demandais grâce…

Les flammes étincelant dans ses yeux allumèrent subitement un grand feu dans mon ventre. Ma tête parut se vider complètement, une seule pensée subsista dans le désert de mes pensées.

— Quelles choses ? demandai-je dans un murmure.

Jamais je n'aurais associé à Nick le qualificatif « pervers ». Pourtant, comment qualifier autrement le sourire qui jouait au coin de ses lèvres ?

— Tu ne le sauras jamais, j'en ai peur.

9.

Avant de céder à l'envie déraisonnable mais irrépressible d'exiger des détails concrets sur ces *choses* que Nick rêvait de me faire, je ramassai une lampe électrique, l'allumai et annonçai que j'allais prendre une douche. Elle serait froide, du fait de la coupure d'électricité couplée à la panne du générateur, mais qu'importe. J'étais brûlante et poisseuse à la fois, j'avais désespérément besoin de me rafraîchir, en espérant qu'il resterait assez d'eau dans le réservoir pour cela.

Une fois retranchée dans le sanctuaire de la salle de bains, je vérifiai la fenêtre derrière laquelle la tempête se déchaînait. Le risque semblant minime, je posai ma lampe et me déshabillai rapidement. Puis j'ouvris le robinet d'eau froide, me cuirassai en prévision du choc et pénétrai dans la douche.

Mes espoirs de purification furent vite déçus. À la seconde où je m'offris au jet, pas assez glacé à mon goût – normal, sous ces latitudes tropicales –, je pris conscience que l'odeur de Nick et les traces de ses caresses glissaient sur mon corps et s'échappaient par la bonde. Cela me fit aussitôt l'effet d'une perte.

Tandis que je me savonnais, le souvenir de ses mains voyageant sur moi, de la façon dont il me serrait contre lui en m'expédiant au paradis, surgit dans ma tête et n'en bougea plus.

En passant l'éponge sur la peau particulièrement sensible de mon ventre, je me demandai malgré moi s'il se passait quelque chose là-dessous et si oui, ce que je ferais dans l'éventualité où je trouverais une pharmacie à temps.

Peu après, alors que je rinçais les bulles de savon, loin de goûter la fraîcheur vive promise par le gel douche, je me sentis plus fiévreuse et agitée que jamais. Des bribes de ma conversation avec Nick se mirent à tournoyer dans ma tête, telles des énigmes insolubles.

« *Tu n'es pas une ratée.* »

Était-il sincère en prononçant ce discours ahurissant à mon sujet ? Et si nous partagions plus de points communs que je ne le pensais ? Si nos complexes se ressemblaient ? Et pourquoi, oh ! *pourquoi* ne pouvais-je cesser de m'interroger sur la nature de ces choses qu'il prétendait vouloir me faire ?

À mon grand désespoir, mon imagination battait en brèche ma résolution de tourner la page après ce qui s'était passé sur la console du hall. Des visions saisissantes, d'une folle impudeur, de Nick et moi sur un lit défilaient devant mes yeux et semaient le trouble dans ma tête. Le souvenir de son regard provocant tout à l'heure éveillait chez moi des tremblements incoercibles…

Dans les jours, les mois à venir, le regarderais-je toujours en me demandant : *Et si… ?* Éprouverais-je du soulagement ou au contraire du regret d'avoir gardé mes distances ? Au fond de moi je me soupçonnais de connaître la réponse à ces questions. Difficile de rester dans le déni alors que le désir coulait à flots dans mon corps avec une telle persistance et ne se décidait pas à refluer. Je voulais connaître le degré d'extravagance précis de ses rêves érotiques. J'avais très envie de sentir son poids sur moi. Envie qu'il m'écrase sur le matelas et fasse de moi ce que bon lui semblerait en m'arrachant des cris de plaisir, comme il l'avait promis…

Le temps de sortir de la douche, j'étais parvenue à la conclusion que j'avais réagi un peu vite en décrétant que ces quinze minutes de passion devaient rester une exception. Un moment de sexe spectaculaire, cela arrivait à tout le monde, il n'y avait pas de quoi en faire un drame. Je m'étais fait des frayeurs toute seule, à force de trop réfléchir. Tout s'était passé de façon si soudaine et inattendue… Si incroyablement délicieuse.

Aucune raison de céder à la panique, me dis-je avec fermeté en épongeant ma peau encore à vif avant d'enfiler ma chemise de nuit, le cœur battant. Le sexe même torride restait du sexe. En déclarant qu'il en voulait encore et encore, Nick ne faisait pas allusion à une relation sentimentale, c'était évident. Donc, contrairement à la première pensée qui m'était venue, il ne représentait pas une menace pour ma personne. Si délirantes que soient ces *choses* qu'il imaginait me faire, je n'en sortirais sûrement pas plus fragile ni vulnérable côté cœur lorsque notre liaison inévitablement tournerait court. Et pour cause, elle n'atteindrait jamais le stade de la relation.

Je m'étais laissé impressionner sur le moment. Tant de faits nouveaux m'étaient apparus d'un seul coup. La révélation qu'il me désirait depuis toujours. La brusque remise en question de tout ce que je croyais savoir. Les conséquences d'un préservatif oublié… Une fois de plus, je m'étais sentie acculée, obligée de contre-attaquer pour me défendre. Il n'y aurait pourtant aucun danger à « patienter » avec Nick le temps que la tempête s'apaise. Il fallait bien passer le temps d'une manière ou d'une autre. Discuter ? Non merci. Je goûtais peu le tour dérangeant qu'avaient pris nos échanges. Les questions indiscrètes de Nick deviendraient de plus en plus difficiles à éluder s'il persistait à me mettre la pression. En revanche, découvrir ce qu'il voulait me faire… Voilà qui m'intéressait. Beaucoup, même.

J'eus à peine conscience de quitter ma chambre, armée d'une lampe électrique. Les battements assourdissants de mon cœur m'empêchaient de réfléchir, mon corps semblait avoir pris les commandes. Je descendis l'escalier avec la sensation de flotter au-dessus du sol et explorai le rez-de-chaussée en balayant l'espace avec le faisceau éblouissant de ma lampe. L'ordre était revenu dans le hall où nous avions provoqué le chaos, notai-je. Aucun signe de Nick, toutefois. Je remontai à l'étage.

Je poussai la porte de sa chambre sans même songer à frapper d'abord, puis, sans l'ombre d'une hésitation, je suivis un son de ruissellement et m'arrêtai net sur le seuil de la salle de bains. La porte était juste entrebâillée. Les yeux sur le reflet renvoyé par le miroir en pied qui se trouvait dans mon champ de vision, je restai hypnotisée par le spectacle qui s'offrait à moi.

Nick était sous la douche. L'eau dévalait sur ses larges épaules et son dos, dont seul le pansement carré imperméable venait déparer la beauté. Il se tenait face aux robinets, jambes à l'écart, une main plantée sur les carreaux plus haut que sa tête, l'autre ramenée devant lui, imprimant des mouvements énergiques, rapides, verticaux.

Mon souffle s'enraya. Une vive chaleur m'envahit, électrisa mon corps jusqu'au bout des doigts avant de se loger entre mes jambes. Je ne pouvais plus bouger. Mes pieds avaient pris racine dans le sol, des chevaux sauvages n'auraient pu m'arracher de là quand bien même j'étais en train de commettre une grave indiscrétion en pénétrant ainsi par effraction dans l'intimité de Nick. Pire, la tentation était forte de pousser cette porte, de me défaire de ma chemise de nuit et de le rejoindre sous la douche pour repousser sa main, m'agenouiller devant lui et l'amener moi-même jusqu'au plaisir…

Il était trop tard de toute façon. Ses gestes avaient ralenti, ils devenaient moins contrôlés, plus erratiques, le bras d'appui tremblait. La main sur le mur se crispa. Une longue plainte torturée lui échappa soudain et son grand corps frémit violemment.

L'onde de désir qui déferla en moi comme un torrent me fit presque chanceler. Un gémissement s'étrangla dans ma gorge, assez sonore pour que Nick l'entende par-dessus le bruit de l'eau et de la tempête au-dehors. À moins qu'il n'ait capté du coin de l'œil un éclat de la lampe que je tenais toujours à la main sans avoir songé à l'éteindre. Toujours est-il qu'il se retourna d'un bloc. Son regard capta le mien dans le miroir du lavabo et pendant une longue, très longue seconde, aucun de nous ne bougea un cil. J'en étais incapable, pétrifiée devant la férocité de son expression, ses yeux de bête, sombres, luisants. Je frissonnai malgré moi.

Il ferma le robinet et attrapa une serviette qu'il noua autour de ses hanches avant de disparaître de ma vue. Dehors, le vent hurlait toujours, la pluie cinglait la villa. Ici à l'intérieur, au-dedans de moi, l'envie de fuir sa colère bien naturelle devant cette intrusion au plus mauvais moment le disputait à celle de rester pour aller au bout de mon projet.

Nick se chargea de régler la question. La porte s'ouvrit en grand. Son épaule intacte appuyée contre le chambranle, il me fixa droit dans les yeux.

— Ça t'excite de me regarder ?

Sa voix de basse me donna la chair de poule. J'étais si émoustillée que mes genoux tremblaient. Cinq minutes plus tôt, j'aurais répondu que j'ignorais si j'avais un penchant pour le voyeurisme. Tout avait changé depuis.

— Et comment ! répondis-je le plus spontanément du monde.

— Qu'est-ce que tu fais dans ma chambre ?

Impossible de me souvenir. Même mon propre nom m'échappait en cet instant. Mes mains, elles, brûlaient de se poser sur lui. Ma bouche frémissait à l'idée de fondre sous la sienne… Et tout à coup le but de ma venue me revint en mémoire.

— J'ai changé d'avis, répondis-je. Après réflexion, notre petit moment sur la console du hall n'a pas vocation à rester une exception.

Nick haussa un sourcil.

— Tu disais pourtant que…

— La panique. Le choc. J'ai parlé trop vite et je me suis trompée. Je ne comprends même pas pourquoi j'ai pensé qu'une fois suffirait, après toutes ces années d'attente. J'en veux encore. Je suis prête à découvrir toutes tes intentions à mon égard.

— *Toutes ?*

J'acquiesçai.

— Je te veux sur moi, dessous, dans toutes les positions possibles. J'ai besoin de savoir ce que tu rêves de me faire. Et toi, tu dois connaître ce que j'ai en tête pour toi. Je préfère de loin regretter ce que j'ai fait plutôt que ce que je n'ai pas fait.

— Parce que tu le regretterais ? demanda-t-il en inclinant la tête.

— Seulement si cela s'avère médiocre, mais j'en doute.

— Tu veux encore que je sois ton jouet…

— J'en ai autant à ton service, répliquai-je en souriant, le cœur battant. « Tu ne le sauras jamais, j'en ai peur. » C'était une provocation délibérée de ta part ! Tu savais que mon imagination allait démarrer au quart de tour.

— Et ce fut le cas ?

— Oui.

— Seigneur ! Tu es dangereuse.

— Pardon ?

— Je t'expliquerai plus tard, dit-il en se détachant du chambranle. Est-ce que tu portes quoi que ce soit sous cette chemise de nuit ?

— Si tu venais chercher toi-même la réponse ?

Il me prit la lampe des mains et, d'un seul mouvement, fit voler ma chemise par-dessus ma tête. Je frissonnai – mais ce n'était pas de froid.

— Comme je l'ai souligné ce matin je crois, murmura-t-il en me dévorant du regard, absolument tout est parfait chez toi.

Je n'en étais pas si sûre. Mon corps était assez ordinaire, comparé au sien. Je le revis sous la douche, lui et son dos puissant, ses longues jambes sveltes, ses muscles joliment fuselés. Oui, tout en lui était parfait. Délicieusement parfait.

— Je te renvoie le compliment, dis-je.

Je fixai sa bouche tant j'avais envie d'un baiser et me redressai insensiblement, mais il recula la tête. Je m'immobilisai, perplexe.

— À quoi tu joues ?

— Je ne joue pas, dit-il. Je me venge.

Avant que j'aie pu comprendre ce qu'il entendait par là, il m'entraîna dans la salle de bains, posa ma lampe éteinte près de la sienne sur une étagère et me plaça devant lui, face au miroir.

— Jolie vue, murmura-t-il au bout d'un moment.

Je contemplai mon reflet. Mes joues étaient empourprées, mes yeux avaient viré à l'indigo, un pouls palpitait à la base de ma gorge. Mes tétons durcis pointaient. Nick mesurait une tête de plus que moi et me débordait en largeur. Pour peu qu'il referme les bras autour de moi je serais enveloppée de chaleur et de force, mais non, il posa simplement ses grandes mains sur mes épaules et les fit glisser le long de mes bras.

Puis il saisit ma main droite et la pressa sur le triangle velouté de mon sexe. Il plaça ensuite la gauche sur mon sein, et mon corps entier frémit. Je compris ce qu'il attendait de moi. Je compris aussi qu'il comptait me regarder. Mon ventre se contracta. Je n'avais jamais fait ce genre de chose de ma vie. Trop sophistiqué pour le petit ami de mes vingt ans, trop intime pour les aventures d'un soir que je privilégiais depuis.

En toute franchise, c'était presque trop intime en cet instant, avec les ombres qui dansaient sur les murs et sur nous tandis que l'orage continuait au-dehors. Mais je n'aurais pas pu arrêter le jeu quand bien même je l'aurais souhaité, tant le regard ardent de Nick m'ensorcelait. J'éprouvais une sensation de pouvoir, inédite, puissante, qui m'insufflait de l'énergie et m'invitait à la hardiesse. Je voulais qu'il perde le contrôle comme j'allais le perdre très bientôt, je le savais. Je voulais qu'il crie grâce et me désire autant que je le désirais, et que ce désir partagé ait la violence d'une éruption volcanique. Cela viendrait plus tard. Pour le moment, j'étais au supplice.

Il avait relâché mes mains. Je les laissai cependant là où il les avait placées. Les yeux rivés aux siens dans la glace, je caressai mon sein gauche tout rond et gonflé d'excitation et pinçai doucement le téton. Je dus me mordre la lèvre pour ne pas gémir sous l'afflux des sensations.

D'instinct, j'entrouvris davantage les jambes et glissai l'autre main entre les boucles brunes. Mes doigts dénichèrent sous les replis de chair humide la tête dure, presque douloureuse, du clitoris et décrivirent là de petits cercles doux qui aiguillonnèrent mon désir et me firent trembler un peu plus fort. J'étais à présent traversée de décharges électriques. Chacun de mes nerfs palpitait follement…

Derrière moi Nick serrait les dents, son souffle s'altérait de seconde en seconde. Son regard s'arracha au mien pour dévaler mon corps et s'arrêta sur mes mains, ce qui eut pour effet d'aiguiser mon désir jusqu'à l'insupportable. Il m'attira alors contre lui, fermement. Prisonnière de ses doigts plantés dans mes hanches, je sentais son sexe raide plaqué dans mes reins. Puis il écarta mes cheveux encore humides et déposa sur ma nuque une pluie de baisers brûlants qui m'écorchèrent la peau.

Qui torturait qui, au juste ? Avec un soupir tremblant, je lâchai mon sein et levai le bras pour saisir la tête de Nick, qui en profita pour reprendre les caresses là où je les avais laissées. Sauf qu'elles étaient bien plus délicieuses lorsque c'était lui qui les prodiguait… J'arquai le dos pour presser le sein dans sa paume.

La tension montait, suave, exquise, vertigineuse. Je

respirais à peine, j'avais si chaud ! Mes doigts avaient d'eux-mêmes accéléré la cadence. Le plaisir pointait. Je fermai les yeux, ma tête bascula en arrière sur l'épaule de Nick. Un gémissement guttural monta dans ma gorge…

Nick pressa la bouche sur mon cou et pinça légèrement le téton. Il n'en fallut pas plus pour que la joie m'inonde et me délivre de ce supplice, m'expédiant dans un monde bienheureux, où plus rien d'autre n'existait que lui et moi et ceci.

Je tremblais encore, pantelante, mon cœur battant la chamade, lorsqu'il me souleva dans ses bras, m'emporta dans la chambre et me déposa au centre du lit. Mais lorsqu'il détacha la serviette de ses hanches et vint s'allonger sur moi, le poids tout chaud de son corps nu aussi délectable que je l'avais espéré, une nouvelle vague de désir déferla et aussitôt je le voulus en moi, avec une urgence que je n'aurais jamais soupçonnée.

Je vis approcher ses prunelles aussi noires que les ombres tout autour, masquant la lueur des lanternes sur les tables de chevet, masquant la chambre et tout le reste sauf lui, et je cessai tout à fait de réfléchir pour succomber au renouveau des sensations qui affluaient.

Sa bouche s'adaptait si parfaitement à la mienne que mon cœur se serra. Le baiser qui suivit prit la forme d'une longue et lente exploration qui se poursuivit encore et encore, non comme un simple prélude, mais comme un moment sensuel à savourer à part entière.

Je nouai les bras autour de son cou et enfouis les doigts dans sa tignasse. Son grognement résonna sur mes lèvres, éveillant des frissons brûlants dans mon dos. La fièvre était revenue. Je m'agitai pour alléger la pression croissante, mais cela ne fit qu'aggraver les choses. Il se pressa contre moi, précisément où mon corps l'appelait. D'une secousse des hanches, il pouvait se glisser en moi, et j'en avais tellement besoin… Mais il avait d'autres projets. Il saisit soudain mes poignets et les plaqua sur le matelas.

Non content d'explorer ma gorge avec une délicatesse ravageuse, il glissa les lèvres plus bas, avec une lenteur diabolique, jusque sur un sein dont il captura le mamelon. J'aurais bondi s'il ne m'avait fermement retenue. Je gémis tout haut et il insista, m'affolant de sa langue, avant de porter son attention sur l'autre sein.

Trop vite, il descendit encore, faisant pleuvoir les baisers sur mon ventre, mon nombril. La peau à cet endroit vibrait et ondulait sous les gerbes d'étincelles qu'il allumait à mesure. Et puis il écarta mes genoux et apposa la bouche là où se trouvaient mes propres doigts quelques instants plus tôt.

La zone était à vif. Il savait exactement ce qu'il faisait. Cet homme lisait mon corps à livre ouvert. Il me lécha doucement, avec soin. De très loin, je m'entendis gémir. Mes doigts se crispèrent sur les draps, je me mis à haleter.

— Assez, suppliai-je dans un hoquet en lui attrapant la tête pour le détacher de moi. Assez !

Il m'embrassa, ce qui acheva de m'embrouiller les idées, puis il roula sur le côté pour atteindre le tiroir du chevet. Par-dessus mes battements de cœur effrénés j'entendis un crissement de plastique et tournai la tête vers lui. Ses épaules tremblaient tandis qu'il se protégeait. Une seconde plus tard, il se glissa entre mes jambes et enfin, *enfin*, il s'enfouit dès la première poussée au plus profond de moi – et ce qui me restait de raison s'envola.

Des heures plus tard, lorsque le sommeil nous rattrapa sur le champ de bataille qu'était devenu le lit, le vent avait faibli. La pluie fouettait encore les fenêtres par rafales, mais avec moins de conviction. À mon réveil, au matin, j'aperçus à travers les baies vitrées la mer lisse comme un lac, les palmiers meurtris mais debout. Le ciel dégagé avait repris sa couleur azur familière.

Je battis des paupières dans la lumière du soleil qui entrait à flots et baignait d'or la chambre, puis m'étirai en grimaçant. Tous mes muscles protestaient. Ma peau était irritée dans des zones improbables. Nick avait tenu parole, il m'avait fait crier grâce plus d'une fois, et je lui avais rendu la pareille. Mon répertoire jusque-là limité s'était enrichi de plusieurs expériences inédites. C'est à peine si nous nous étions interrompus pour boire, manger, recharger les lanternes.

— Bonjour…

Je me figeai, bras en l'air, et tournai les yeux vers Nick qui me regardait depuis le seuil de la salle de bains, adossé au chambranle, vêtu d'un simple boxer. Je frissonnai et subitement les douleurs dans mon corps changèrent de nature.

— C'est un très bon jour, en effet, murmurai-je.

— Des regrets ?

— Pas l'ombre d'un. Comment va ton épaule ?

— Bien. Je te l'ai dit, ce n'est qu'une écorchure.

Je levai les yeux au ciel. Nick me renvoya mon sourire avant de tourner la tête vers la fenêtre.

— La tempête est finie, dit-il.

— J'ai vu.

— Je suis retourné vérifier le générateur. L'électricité est revenue. Tu peux recharger ton téléphone.

— Je ne suis pas sûre d'en avoir envie, marmonnai-je, abattue à la pensée du nombre de courriels et d'appels manqués qui m'attendaient sans doute. Peux-tu faire savoir à Seb que tout va bien ici ?

— Bien sûr.

— Et les journaux ? Les photographes ?

— Disparus.

— Merci.

— Plus rien désormais ne t'empêche de partir.

La remarque de Nick plana un moment entre nous.

Un peu déconcertée, je m'aperçus que c'était exact, en théorie. Non seulement la menace de la presse avait été neutralisée, mais j'avais aussi apposé la veille ma signature électronique sur le contrat qu'il m'avait adressé par courriel, inquiète de l'effet qu'il me faisait et de l'évolution de la météo… En un sens, j'avais donc atteint le but que je m'étais fixé. La tension entre nous était de l'histoire ancienne, tous les malentendus en voie d'être dissipés. Je pouvais me lever dès cette seconde, appeler James et boucler mes bagages, pour arriver chez moi dans moins de vingt-quatre heures.

Seulement voilà, je n'en avais aucune envie. J'étais loin d'en avoir terminé ici. Très loin. Pourquoi mettrais-je un terme à la plus belle expérience sexuelle de ma vie alors que tout était encore si nouveau, si excitant ? Sans compter que le degré d'entente tout neuf que nous commencions à atteindre était encore fragile, il exigeait d'être renforcé. Bref, cette affaire avait un petit goût d'inachevé.

— Veux-tu que je m'en aille ? demandai-je en retenant mon souffle.

Nick secoua la tête.

— Non.

Mes poumons se détendirent, une onde de chaleur me traversa. Dieu merci !

Je n'avais pas besoin de m'attarder longtemps. J'avais un travail et une vie à reprendre, une fortune à gérer, un avenir à organiser. Aucun danger par conséquent que l'aventure en cours ici prenne de l'ampleur, qu'elle engage des sentiments ou que je me retrouve piégée en eaux trop profondes, comme je le craignais la veille encore. Le temps manquait pour cela, tout simplement.

— Rien ne m'oblige à repartir tout de suite, dis-je, le cœur battant et le corps déjà enfiévré, à ma propre stupeur. Tu l'as dit toi-même, nous avons des années à rattraper. Je peux toujours me faire livrer la pilule du lendemain. Et il se trouve qu'il me reste quelques jours de vacances. Ce serait dommage de les gaspiller, tu ne penses pas ?

— Sage décision, ronronna Nick en s'avançant lentement vers moi, tout en grâce athlétique et en détermination, si bien que je me sentis fondre. Excellente, même.

10.

Il nous fallut deux bonnes heures pour refaire surface.

La faim reprenant ses droits, Nick déclara qu'un brunch s'imposait et s'éclipsa au rez-de-chaussée. Je retournai dans ma chambre pour me rafraîchir et dénouer mes cheveux tout emmêlés, ce qui me prit un moment tant il avait joué avec. En arrivant dans la cuisine, je m'arrêtai sur le seuil et tournoyai sur moi-même.

— Et voilà !

Nick leva les yeux de la planche à découper et me décocha un sourire qui me fit oublier un instant jusqu'à ma robe, la seule un peu chic que j'avais emportée.

— Si j'avais su, dit-il, j'aurais enfilé mon smoking.

Un smoking, pour quoi faire ? Il n'en avait pas besoin. Il était parfait tel quel, juste avec un jogging porté bas sur les hanches. Mieux que parfait, appétissant. Seulement mon corps était à bout de forces et j'avais faim de nourritures plus concrètes.

— Tu es drôle, dis-je.

— Et toi, sublime.

— Dans cette vieille petite chose ? répliquai-je, ignorant l'émotion éveillée par ce compliment pour m'avancer vers lui, une main sur le bustier pailleté rose pâle qui s'évasait à la taille sur un jupon en tulle de la même couleur. C'est le seul vêtement propre qu'il me reste.

Nick haussa les sourcils.

— Rien d'autre ?

— Rien d'autre. C'est très libérateur. Mon corps respire.

— Tes tenues m'ont toujours causé des soucis, dit-il en se tournant vers le réfrigérateur pour en sortir un saladier. La vision de ta personne en bikini est restée imprimée sur ma rétine. Tu pouvais bien porter ce que tu voulais ensuite, je t'imaginais invariablement nue. C'était très frustrant.

— Suis-je censée m'excuser ?

— Tu es censée manger. Il faut que tu reprennes des forces.

Incroyable ! Après des années à se regarder en chiens de faïence, nous étions en train de flirter comme des pros. Je m'efforçai de ne pas prêter attention au drôle de grésillement qui se répandait dans mes veines à cette idée, et tournai plutôt les yeux vers l'assortiment de plats disposé sur l'îlot central. Une assiette de crevettes dodues autour d'un bol d'aïoli. Des tranches de fromage, des concombres miniatures et un petit tas de brochettes de poulet au parfum alléchant.

Je me perchai sur un tabouret. J'en avais déjà l'eau à la bouche.

— Tout ça m'a l'air délicieux.

— C'est ce que j'aime manger.

— Y a-t-il quoi que ce soit que tu n'aimes pas manger ?

— Les pommes de terre, répondit Nick en glissant une assiette vers moi. J'en ai avalé tellement quand j'étais petit. Elles me rappellent ces moments où j'avais si faim que j'avais des hallucinations. J'essaie de les éviter le plus possible.

— Raconte-moi, dis-je.

— Seb ne t'en a jamais parlé ?

— Je ne lui ai jamais demandé de détails.

— Mon enfance n'a pas été une partie de plaisir, dit-il avec un soupir tout en prenant des couverts dans un tiroir. Nous habitions un village très pauvre, l'école était carrément lugubre et il n'y avait pas grand-chose d'autre à faire. Ma mère était tout le temps épuisée. Elle se tuait à la tâche, mais il n'y avait jamais assez d'argent ni assez de nourriture. Et il faisait froid à longueur d'année.

Mon cœur se serra.

— Je comprends mieux que tu passes le plus de temps possible ici. Je n'ose imaginer…

— Et tu fais bien.

Nick referma le tiroir et se tourna pour attraper quelques serviettes. J'aperçus derrière lui sur le comptoir une bouteille de champagne visiblement très fraîche, posée près de deux tasses de café fumant.

— Qu'allons-nous fêter ? demandai-je. Une alchimie hors du commun ? Une trêve des combattants ?

— Un progrès.

Je fronçai les sourcils, en proie à un vague sentiment de malaise que je ne pouvais attribuer à la faim.

Où pensait-il que tout cela mènerait ? Le sexe, le flirt… Il ne se faisait pas de fausses idées, au moins ?

— Je n'ai pas l'impression que nous ayons *progressé* à proprement parler, dis-je.

— Je ne suis pas d'accord, répliqua-t-il en me tendant couteau, fourchette et serviette. Regarde où nous en sommes maintenant, comparé à hier. Imagine où nous pourrions être demain.

— Nous en serons exactement au même point. Ce n'est que du sexe, Nick.

Il posa les tasses de café sur l'îlot et déclara :

— Je ne pense pas que tu mesures réellement la portée de ce que nous sommes en train de faire.

Je crispai les doigts sur ma fourchette, prête à la planter dans tout autre chose qu'un morceau de fromage.

— C'est une insulte à mon intelligence ?

— Pas du tout. J'ai simplement une longueur d'avance sur toi.

— Je ne comprends pas.

— Mange !

Trop déroutée et contrariée pour songer à faire autre chose, je fis glisser deux brochettes de poulet dans mon assiette avec quelques olives.

— Dis-moi juste une chose, reprit Nick.

Je le regardai.

— Quoi donc ?

— Ce type que tu fréquentais au moment où ton père a tout perdu… C'est vraiment l'unique relation sérieuse que tu aies connue ?

— Oui.

— Comment ça se fait ?

— J'ai des problèmes.

— Je croyais que nous les avions réglés…

— Pas ceux-là. D'autres.

— Qui sont… ?

Je plissai les yeux vers mon hôte, qui se servait à son tour avec la plus grande décontraction. Il me poussait dans mes retranchements, encore, et comme chaque fois, le réflexe me venait de changer de sujet. Quelque chose toutefois m'en empêcha ce matin, en dépit de mon agacement. J'évitais systématiquement les sujets difficiles et tôt ou tard il finirait par s'en apercevoir. Il deviendrait curieux et ne lâcherait plus le morceau.

Peut-être n'était-ce pas une si mauvaise idée de partager une chose ou deux avec lui, au fond. Je me devais de faire l'effort, comme lui, de laisser le passé derrière moi pour dégager un terrain sur lequel nous pourrions coexister pacifiquement. Entrer dans les détails ne serait pas nécessaire, il savait déjà l'essentiel, ayant été témoin de plus d'un rebondissement dans ma vie depuis mes onze ans.

— Mes parents, pour commencer, répondis-je enfin.

— Oui ?

— Tu as sûrement remarqué que leur mariage battait de l'aile, avant même la faillite de mon père.

— Je me souviens en effet de quelques tensions, dit Nick

en prenant place à côté de moi, plus près que nécessaire de mon point de vue. Ce week-end sur la côte amalfitaine, par exemple, où ta mère a repris l'avion plus tôt que prévu. Les repas pendant lesquels elle ouvrait à peine la bouche. Quelquefois elle semblait très malheureuse.

— Elle l'était. C'était tendu entre eux, confirmai-je, refoulant les images des journées de plongée en mer Tyrrhénienne avec mon père, si lumineuses, jusqu'au moment où la joie s'était enfuie. Elle a eu une liaison. C'est pourquoi mon père a joué avec le feu dans ses comptes pour la reconquérir, en oubliant toute prudence.

Nick coula un regard aigu dans ma direction.

— C'est donc juste ça ? Leur exemple était si déprimant que tu as fait une croix définitive sur les relations de couple ?

Son scepticisme me hérissa, mais j'étais blindée. Il pourrait toujours tenter de m'amadouer pour me soutirer d'autres confidences sur mes angoisses existentielles, il en serait pour ses frais. Livrer quelques éléments mineurs dans l'intérêt de nos futurs échanges, c'était une chose. Mettre mon âme à nu en était une autre, absolument inconcevable.

— N'est-ce pas suffisant ? répliquai-je.

— Non, je ne crois pas.

— Dommage pour toi.

— As-tu déjà été amoureuse ?

Je faillis avaler une olive de travers. Nick, qui me parlait d'amour ? Qu'est-ce que…

— Pourquoi diable voudrais-tu savoir ce genre de chose ? m'exclamai-je.

— Simple curiosité.

— Et toi ? lui renvoyai-je.

— Moi ? Oui.

Visiblement, la question ne lui posait aucun problème.

Amoureux de qui ?

Je ravalai vite fait ma curiosité. C'était hors sujet, sa vie sentimentale ne me regardait pas. En outre je n'avais pas besoin de savoir.

— Et tu l'es encore ? demandai-je à la place.

— Oui.

Oh. Décidément, il avait l'art de me couper l'herbe sous le pied…

— Et tu couches avec moi, murmurai-je.

— Qui se permet de juger, à présent ?

Je me tus. Là, il venait de marquer un point. Le dilemme moral était de son côté, je n'avais aucune raison de m'en mêler.

Je remerciai le Ciel en mon for intérieur de ne rechercher que du plaisir physique avec lui. Sans quoi j'aurais été dévorée de jalousie. Ce qui n'était pas du tout le cas. Si ma poitrine s'était contractée jusqu'à la douleur, ce n'était que le contrecoup de ma quinte de toux. Maudite olive !

— Je me demande quelle est ton excuse à toi, marmonnai-je.

— Pardon ?

— Tu as trente et un ans, tu es riche et en pleine forme, chaud comme la braise et d'un caractère pas si exécrable, tout compte fait. Il doit bien y avoir une raison pour que tu sois toujours célibataire. Une aversion pour l'engagement, peut-être ?

— Tu pars de l'hypothèse que cela viendrait de moi…

— Je me trompe ?

— En tout cas, je n'ai rien contre l'engagement.

— La brièveté de tes liaisons suggère pourtant le contraire.

— Elle ne prouve rien du tout, répliqua Nick.

— Dans ces conditions, pourquoi n'as-tu jamais visé plus loin ?

— Peut-être que j'y travaille en ce moment.

D'accord.

Voilà donc pourquoi il tenait tant à régler les questions en suspens entre nous ? Pour faire un sort à l'attirance aussi puissante que malvenue que je lui inspirais, et pouvoir ainsi se consacrer ensuite à la femme dont il était amoureux ? C'était bien possible. Et cela m'allait très bien.

Je détachai machinalement de la pointe de ma fourchette des petits morceaux de poulet sur ma brochette avec un peu plus d'énergie que nécessaire et m'éclaircis la voix.

— En ce qui me concerne, je ne m'investis jamais dans une relation au point d'en arriver là. Comme je te le disais hier, les gens me laissent tomber. Ils disparaissent du paysage dès qu'ils découvrent ma vraie nature. Je n'ai pas besoin de ces soucis-là dans ma vie en plus des autres.

— À t'entendre, tu sembles très seule.

— Au moins je me sens en sécurité et je m'épargne les tracas superflus, dis-je en plongeant un morceau de poulet dans l'aïoli. Mais dis-moi… Tu n'es pas très bien placé pour me chapitrer sur la solitude, il me semble, toi qui passes ton temps seul sur une île perdue dans l'océan Indien…

— Je ne suis pas toujours seul ici.

Je restai interloquée.

Mais pourquoi étais-je aussi surprise ? Tout le monde n'était pas obligé d'avoir les mêmes soucis que moi dans ses relations sociales. Quant à ces tensions entre Nick et moi, elles étaient peut-être un cas unique. Il s'entendait plutôt bien avec Seb, après tout. Avec d'autres femmes aussi sans doute. Une en particulier lui convenait à merveille, apparemment.

— Pourtant les blondes ont la peau fragile, à ce qu'il paraît. Le soleil tape fort sous les tropiques, ce n'est pas risqué ?

— Aucune idée, dit Nick, les yeux sur la crevette qu'il était en train de décortiquer. Je n'ai jamais amené la moindre blonde ici. Je parlais de ma mère. De mes amis, aussi.

— Ah. Mais… cette boîte de préservatifs dans ta table de chevet… ?

— Je l'ai achetée dans ton hôtel à Zanzibar.

— Quoi ? Au beau milieu de mes malheurs, toi tu pensais au sexe ?

Ses yeux s'assombrirent et s'abaissèrent sur ma bouche.

— Dès qu'il s'agit de toi, je pense sexe. Entre autres choses. Et puis je suis d'un naturel optimiste.

Optimiste ou pas, rien ne m'aurait fait retourner au lit en cette seconde. J'étais affamée et passablement énervée.

— Quelles autres choses ? demandai-je avant d'avoir pu m'en empêcher.

— Laisse tomber.

— C'est si négatif que ça ?

Nick garda le silence un moment avant de répondre :

— Toutes ces années, tu as représenté pour moi le chaos absolu. Une lutte de tous les instants pour garder mon sang-froid. Le stress, la frustration, des douches glacées à n'en plus finir. Je t'en ai voulu de me bouleverser à ce point. Je me méprisais moi-même d'être incapable de reprendre le dessus.

C'était pire que négatif – pitoyable. Je me mordis la lèvre, un peu chamboulée malgré tout.

— Et aujourd'hui ?

— Même cause, mêmes effets.

— Je ne m'étonne plus que tu me trouves dangereuse, commentai-je d'un ton que j'espérai léger.

— Mais aussi courageuse, bûcheuse…

— Dure au mal et déterminée, achevai-je dans un soupir. Et moi qui croyais que tu m'avais toujours trouvée idiote et superficielle !

— Ce n'est plus le cas depuis longtemps. Il y a eu des moments, quand tu étais plus petite… Mais au fond, tu as toujours été une âme charitable.

Je battis des cils.

— *Charitable ?*

— Tu recueillais souvent des petits animaux blessés. Des grenouilles. Des pigeons. Des bourdons… S'il leur manquait une aile ou s'ils étaient tombés du nid, il fallait que tu les sauves.

— J'avais oublié, murmurai-je, épatée qu'il s'en souvienne, lui. Ça ne marchait pas toujours.

— Mais tu essayais tout de même. Tu te battais pour les faibles. Te rappelles-tu avoir pris ma défense, un jour où des gamins à l'école me narguaient à propos de mon lieu de vacances ? J'avais la situation en main, mais cela ne t'a pas empêchée de foncer dans la mêlée et de dire à tous ce que tu pensais d'eux ! Petite, mais farouche. Une héroïne, en somme. Une Boadicée miniature… Tu m'as impressionné ce jour-là.

Je fouillai dans ma mémoire.

— Je me souviens ! m'écriai-je soudain, songeant qu'il y avait un moment au moins avec Nick dont je pouvais être fière. Je devais avoir onze ans et toi, treize. C'était la fin de l'année, j'étais venue chercher Seb avec mes parents. Nous ne nous connaissions pas à ce moment-là… J'ai été témoin d'une injustice, je suis intervenue, c'est tout. Si j'avais su à quel point je bouleverserais ta vie, ajoutai-je, un peu tendue, je ne me serais peut-être pas donné cette peine.

— Je suis heureux que tu l'aies fait.

Quand avais-je perdu cette intrépidité ? me demandai-je tout en recueillant les restes de sauce dans mon assiette avec un bout de pain. Quand avais-je cessé de me préoccuper des nécessiteux pour ne penser qu'aux habits, au maquillage, à ma bande de copines pourries gâtées ?

— Tu n'étais pas que cela…

La voix de Nick m'arracha à mes pensées tourmentées.

— Je ne suis pas sûre de vouloir entendre la suite, murmurai-je.

— Tu avais une certaine influence sur moi.

— Moi ?!

— D'abord, sans la conversation que nous avons eue un jour à ce sujet, je serais encore déboussolé par le fait de n'avoir jamais connu mon père. Je me sentirais encore coupable d'avoir passé autant de temps avec ta famille plutôt qu'avec ma mère. Mais surtout, sans toi je ne serais pas l'homme que je suis aujourd'hui. Lorsque tu m'as dit que je n'étais pas assez bien pour toi…

Il s'interrompit, un éclat au fond des yeux. Je me sentis rougir.

— Cette remarque a éveillé en moi le désir de réussir. De faire mieux et d'être meilleur que tout le monde. De gagner beaucoup d'argent aussi, oui, je l'avoue. Je voulais nous emmener, ma mère et moi, le plus loin possible de la boue d'où nous venions. Je me suis juré que nous n'aurions plus jamais ni faim ni froid et je ne me suis plus arrêté avant d'avoir atteint ce but… Mais c'est toi qui me motivais. Toi et ton mépris. C'est pour cela que je n'ai jamais voulu de tes excuses pour cet après-midi au bord de la piscine, Millie. Je devrais plutôt te remercier.

Là-dessus, Nick se tut, mais dans ma tête l'écho de ses paroles était assourdissant.

« Sans toi je ne serais pas l'homme que je suis aujourd'hui. »

Mon sale caractère d'adolescente aurait donc ouvert la voie à sa réussite sidérante ? Devais-je m'en repentir ou m'en féliciter ? Je ne savais plus que penser. J'oscillais entre le chaud et le froid. J'avais de l'influence et je semais le chaos, j'étais une source d'agacement et une héroïne, un objet de ressentiment et de désir à la fois…

Mais tout cela devint brusquement secondaire, balayé par ce *Millie*.

Il ne m'avait pas appelée Amelia, il m'avait appelée Millie, pour la toute première fois. Et mon cœur pour une raison inconnue en fut tout chaviré. Un sourire irrépressible me vint aux lèvres et mon indignation, ma colère, mes objections, mes angoisses, tout cela s'évapora comme par magie.

— De rien, dis-je.

Après le brunch, nous nous aventurâmes à l'extérieur pour inspecter les ravages de la tempête.

Un spectacle de désolation nous attendait. La terre était détrempée. Partout, des feuilles, des branches éparpillées, des jardinières saccagées. Une bonne partie des débris avaient fini dans la piscine et je passai un bon moment à admirer un Nick torse nu penché sur l'eau, une épuisette à la main – un moment qui déboucha sur un bref intermède, torride, sur un transat.

Plus tard, une fois nettoyé l'essentiel de la crise de fureur de la nature au voisinage immédiat de la villa, Nick me prit par la main et m'emmena sur le sentier jusqu'à la jetée, restée incroyablement intacte. Là, m'offrant une nouvelle démonstration affriolante de ses qualités athlétiques, il sortit le bateau de l'abri en un rien de temps et mit le moteur en marche. Dix minutes après, nous voguions autour de l'île pour évaluer le reste des dégâts.

La plage de la baie que j'avais explorée la veille était jonchée de palmiers, dont les troncs déracinés dépassaient du sable tout retourné. Plus loin, à la pointe de l'île, je reconnus le hangar à bateaux, dont la porte pendait de travers sur ses gonds. Nick rapprochant le bateau du rivage, je constatai que les voiles avaient été arrachées des murs. Tous les kayaks et les planches avaient glissé de leurs supports…

C'était là un aspect des paradis tropicaux rarement étalé dans les brochures publicitaires. Je n'osai imaginer à quoi aurait ressemblé le paysage si la dépression avait duré plus longtemps et forci. Nick coupa le moteur et sauta dans l'eau près du bord, une eau trouble, glauque, alors qu'elle était si limpide la veille encore. Cependant, je songeai soudain que de cette violente tempête, était paradoxalement sortie une harmonie inattendue dans notre petit coin à nous.

À cause d'elle, nous avions été contraints de faire face à notre passé. Nous avions partagé nos souvenirs tourmentés et préparé le terrain pour un avenir apaisé. Cela dans la plus grande franchise, même si Nick avait plus d'une fois semé le trouble dans mon esprit avec ses allusions énigmatiques.

L'échange n'avait pas été aussi pénible que je l'avais craint. Je n'avais pas eu à concéder de révélations trop intimes ou humiliantes. C'était Nick qui s'était le plus découvert en réalité, avec ce *Millie* qui lui avait échappé et prouvait peut-être que je n'étais plus une nuisance aussi perturbante pour lui aujourd'hui.

— Tu es bien silencieuse, dit Nick, me ramenant brutalement au présent.

Tandis que je rêvassais, il avait tiré le bateau à sec sur la rive et déchargeait l'équipement qu'il avait emporté à tout hasard. Je me levai et lissai ma robe… pour recommencer quelques minutes plus tard, Nick ayant planté les mains sur ma taille pour me soulever du bateau et me déposer sur le sable, non sans me faire glisser au plus près de son corps. Une galanterie superflue, mais délicieusement excitante.

— Je me disais, c'est comme si nous avions basculé dans un univers parallèle, chuchotai-je.

— Dans quel sens ?

— Toi et moi, travaillant ensemble sans nous regarder de travers, tu te rends compte ?

Il me tendit une perceuse et un tournevis électrique, puis saisit une corde, deux planches et la boîte à outils.

— C'est un réel changement, en effet.

— Ensuite, je ne peux plus t'imaginer en costume, repris-je, balayant des yeux ses cheveux en bataille, les lunettes de soleil qui étincelaient dans la lumière et le short qui était aujourd'hui bleu électrique avec des étoiles blanches. Ni même entre les quatre murs d'un bureau en ville. Tout est devenu très étrange.

— Au risque de me répéter… nous progressons.

Je lui emboîtai le pas vers le hangar à bateaux, songeuse. Il n'avait pas tort, mais… De là à trinquer au champagne ? Pas si sûr.

— Tu ne te demandes jamais quelle aurait été notre relation si nous nous étions conduits autrement ?

Nick lâcha sur le ponton tout ce qu'il transportait, releva ses lunettes sur son front et plissa les yeux pour évaluer les dégâts sur le hangar.

— Souvent, répondit-il.

— Si j'avais ravalé mon orgueil et accepté l'argent que tu me proposais, dis-je en ajoutant mon propre chargement à la pile, j'aurais sans doute terminé mes études. J'aurais pu faire carrière dans la biologie marine et mes projets pour les tortues auraient déjà vu le jour.

— Tu n'aurais pas été obligée de vivre en colocation et de survivre en avalant des soupes.

— C'est vrai, mais je t'en aurais tout de même voulu, je pense. Et la vie n'était pas si terrible, en vérité. Je me débrouille seule depuis huit ans. Je sais maintenant que je peux compter sur moi-même. C'est un atout précieux.

Nick ramassa une planche et un marteau, puis me tendit une boîte de clous.

— Tu peux compter sur moi aussi.

Le pouvais-je vraiment ? Comment savoir ?

Ainsi que le stipulaient les conditions générales de notre contrat, les performances passées n'étaient pas une garantie de résultats futurs.

— Je ne préfère pas.

— Je sais. C'est décevant, commenta Nick en levant la planche jusqu'à l'endroit où il en manquait une.

Il me fit signe de la tenir par un bout. Je brandis la boîte de clous, il en sortit deux. Je crus bon de préciser :

— Cela n'a rien de personnel.

— C'est pourtant l'impression que ça donne.

Un sentiment de honte mêlé de remords assez incompréhensible m'envahit. Je le chassai aussitôt. Il n'avait aucune raison d'être.

— Et toi, qu'aurais-tu fait différemment, dans cet univers parallèle que j'imagine ?

— J'aurais laissé glisser tes remarques, ce fameux jour au bord de la piscine, répondit Nick sans hésiter, reprenant des clous après avoir enfoncé les deux premiers. Nous aurions fini au lit bien plus tôt et perdu bien moins de temps.

— Mais l'aventure se serait tout de même limitée à du sexe. Elle n'aurait pas duré.

— Elle aurait duré nettement plus longtemps que les deux petits jours que tu as bloqués pour elle, fais-moi confiance…

— Justement, tout le problème est là.

Nick se figea, le marteau en l'air, et me considéra d'un air perplexe.

— Quel problème ?

— La confiance.

Il fronça les sourcils.

— Tu as dit que tu me faisais confiance.

— Quand donc ?

— Pas plus tard qu'hier, lorsque je t'ai demandé si tu pensais que la fuite dans la presse venait de moi.

— J'ai dit que je te faisais confiance pour gérer mon argent.

— Pas plus ?

Je secouai la tête.

— Je ne fais confiance à personne. Je voudrais bien, mais je ne peux pas. C'est tout simplement gravé en moi. Un réflexe dont je n'arrive pas à me défaire, si tu préfères.

— Réflexe qui t'est venu lorsque tout ton entourage s'est défilé au moment où tu avais le plus besoin de soutien ?

— Voilà.

— C'est compréhensible, dit-il en reculant d'un pas pour admirer son ouvrage. Mais pas insurmontable. La confiance, c'est un choix.

— Facile à dire pour toi, répliquai-je, agacée. Tu n'as jamais subi un lâchage pareil de la part de prétendus alliés.

— Je suis ton allié et je ne t'ai pas lâchée.

— Simple question de temps.

À ces mots, Nick tourna vers moi un regard si intense que je me sentis vaciller.

— Tu le penses vraiment ?

— Oui, pourquoi ?

— Je croyais que tu avais une plus haute opinion de moi.

— Je n'ai aucune opinion sur toi, rétorquai-je avec un soupir exaspéré. Ce n'est pas la question, je me tue à te le dire !

— Tu te tues à *te* le dire.

Qu'entendait-il par là ? Qu'il me connaissait mieux que moi-même ? Voilà qui était un peu présomptueux !

— Tu ne t'inquiètes jamais du fait que tes amis pourraient t'aimer juste pour ton argent ? demandai-je.

— Non.

— Eh bien, moi si. Après ce qui m'est arrivé, la pensée de faire d'autres mauvais choix me pétrifie. Je ne peux toujours pas me résoudre à me fier à la sincérité des motivations des gens. Et c'est encore plus vrai maintenant que je suis à la tête d'une petite fortune.

— Dans ces conditions, pourquoi avoir joué au loto ?

— Je voulais un peu plus d'argent, répondis-je avec un brin de mélancolie. Assez pour que les factures cessent d'être un sujet d'angoisse. Certaines choses me manquaient, aussi. Les fleurs fraîches, la bonne cuisine… Je ne m'attendais pas vraiment à gagner, et certainement pas une somme pareille. Je ne devrais pas m'en plaindre, je le sais, mais entre nous la responsabilité est énorme et terrifiante. La seule idée que j'ai failli perdre tout cet argent me glace le sang.

Nick disparut dans le hangar et en ressortit avec une échelle qu'il posa contre le côté du bâtiment.

— Ne te reproche pas d'être un peu trop sensible, dit-il. Ce sont des choses qui arrivent.

— Je parie que cela ne t'arrive jamais, à toi.

— Tu serais surprise.

Je le regardai fixer la porte sur ses gonds à l'aide de la visseuse électrique avec une aisance parfaite. Je songeai à sa force, son assurance à toute épreuve, sa volonté de réussir, sa concentration. Il s'interrogeait peut-être sur sa place dans le monde, mais pour devenir milliardaire en partant de rien il fallait à tout le moins un tempérament combatif et une solide jugeote…

Nick, victime d'un excès de sensibilité ? Il y avait de quoi rire.

— Sûrement, murmurai-je.

11.

Une fois le bâtiment retapé du mieux possible avec le kit limité dont nous disposions, nous regagnâmes le bateau. Nick mit les gaz, cap vers la côte ouest de l'île, et je fermai les yeux, offrant mon visage à la brise.

L'expérience fut moins relaxante que prévu. Notre discussion du jour tournait en boucle dans ma tête. Elle m'avait perturbée et le sentiment d'appréhension qui ne me lâchait plus se renforçait de minute en minute. J'étais perdue, en fait.

Nick s'entêtait à répondre par énigmes et cela me déstabilisait. Il semblait toujours savoir quelque chose que j'ignorais… Le seul domaine dans lequel nous étions sur la même longueur d'onde c'était le sexe, et ce n'était guère rassurant. Pire, je prenais conscience que ma volonté de m'en tenir à une relation strictement physique s'effilochait. J'avais envie de franchir la ligne rouge et d'approfondir cette relation.

Je voulais tout savoir de lui. Les grandes choses et les petites. Ses espoirs, ses peurs, ses rêves. Sa couleur préférée. Ses goûts musicaux. Je voulais en apprendre davantage sur son passé, qui avait nécessairement joué un rôle formateur capital, et sur ses projets pour les années à venir. Je ne me voyais pas quitter Suza avant de connaître tout cela… Je ne me voyais pas quitter Suza tout court, en réalité.

Le personnage se révélait surprenant et tellement plus complexe que je ne l'avais imaginé… Plus intéressant et d'autant plus attirant. Son discours, en particulier, avait évolué de façon spectaculaire. Je l'avais connu mutique, comme tant d'adolescents, nous avions échangé à peine quelques mots au fil des années et aujourd'hui… C'était une petite révolution. J'en avais appris davantage sur lui ces derniers jours qu'en dix-huit années, et si j'étais convaincue, dix petits jours plus tôt, devant son air horrifié face à mes yeux pleins de larmes, qu'il était inutile d'espérer pleurer sur son épaule, je commençais à me demander si je ne m'étais pas trompée.

Or rien de tout cela n'était bon.

Je n'avais pas besoin de savoir quoi que ce soit sur lui. Ma corde sensible n'aurait pas dû vibrer après les maigres révélations consenties sur son enfance. Je n'avais pas à me demander quel effet cela ferait de l'avoir à mes côtés pour de bon. D'être aimée de lui. Sa manière de réfuter point par point les arguments dictés par mon manque chronique de confiance en moi n'aurait pas dû me toucher. Et j'avais tout intérêt à oublier sa mine défaite à l'annonce que je ne lui ferais jamais confiance…

Il ne s'agissait pas ici d'une romance ébouriffante dont les héros hissaient les voiles vers le soleil couchant en se promettant l'amour-toujours. Tout juste d'une tentative pour clarifier les malentendus passés et apaiser enfin cette tension intolérable entre nous afin de pouvoir aller de l'avant, tout en s'octroyant des moments de plaisir physique exceptionnel… Pourtant j'étais bel et bien en passe de perdre de vue cette réalité.

J'étais si raisonnable en temps normal, si pragmatique ! Mais la seule présence de Nick me faisait dérailler. Je le laissais me mettre la pression depuis mon retour à Suza. J'avais fini par lui parler de moi, après avoir à peine hésité. Il s'en était fallu de peu que je livre mes secrets les plus intimes. Je lui en avais assez dit.

Je perdais le contrôle et il fallait que cela cesse.

Nos petits jeux si excitants me semblaient surtout très

dangereux maintenant. Un jour ou deux encore, et je risquais de tomber un peu plus sous son charme, tomber dans un puits sans fond dont je ne pourrais plus sortir. L'envie pourrait me venir d'approfondir la conversation, de solliciter son avis, de vouloir cette épaule où déposer mes chagrins. Je risquais d'en arriver à partager avec lui les sentiments conflictuels que j'éprouvais pour mon père, le regret mêlé de tristesse que me causait ma peur de laisser approcher quiconque de trop près. Alors j'irais droit dans le mur. Ce chemin-là ne pouvait mener qu'à une détresse inguérissable lorsqu'il se défilerait, comme les autres, un jour ou l'autre.

Je n'aurais jamais dû céder à la tentation de rester, ignorant les signaux d'alarme pourtant nombreux. Il n'était pas trop tard pour rectifier le tir, cependant. J'y voyais enfin plus clair. Ma décision était prise. Me préserver était devenu une priorité.

En débarquant, je remontai la jetée d'un bon pas. À peine le seuil franchi, Nick, qui me suivait de près, me prit le coude pour m'entraîner vers un canapé sur lequel, je le savais, il comptait m'emmener au paradis en me faisant oublier tout le reste. Sauf que c'était désormais exclu.

Je me dégageai et me dirigeai vers l'escalier à la place. Il me rattrapa et me saisit le poignet.

— Où vas-tu ?

Il m'amena contre lui et le désir m'inonda aussitôt. Un instant je me demandai ce qui me passait par la tête pour renoncer à cette merveille…

Mais c'était précisément à cause de la facilité avec laquelle il me faisait perdre la raison que je devais m'en tenir à mon plan. Je libérai mon bras, lissai ma robe et reculai prudemment d'un pas.

— Dans ma chambre, répondis-je.

— Pourquoi ?

— Je vais faire mes bagages.

À ces mots la confusion se peignit sur son visage.

— Tu veux partir *maintenant* ?
— Oui.
— Pour quelle raison ?
— Je n'en ai aucune de repousser mon départ, affirmai-je, chassant de mon esprit tous les arguments en faveur du contraire. Grâce à toi, la presse est muselée. Nous avons fait un sort à l'envie de sexe qui nous travaillait un peu trop et clarifié les malentendus, ce qui est de bon augure pour nos futures rencontres. J'ai des choses à faire chez moi et un travail à reprendre, sans parler d'un saut urgent à la pharmacie.
— Qu'est-ce qui se passe ?
— Je nous croyais sur la même longueur d'onde, mais c'était une erreur, clairement. Alors, il faut que je parte.
— J'aimerais que tu restes.
Je secouai bravement la tête, pour convaincre autant Nick que moi-même de la fermeté de ma résolution.
— Cette petite aventure entre nous a été très agréable, Nick, mais elle est terminée.
— Ce n'était pas une petite aventure. Pas pour moi du moins.
— De quoi parles-tu ? murmurai-je.
— Je suis amoureux de toi, Millie.

Face à cette déclaration surgie de nulle part, mon cœur fit une embardée et se mit à tambouriner. On n'entendit bientôt plus que lui dans le silence de mort régnant dans la pièce.
— Qu'est-ce que tu viens de dire ?
— Tu as bien entendu. Je suis amoureux de toi.
Je restai ahurie. Un coup de chaud, peut-être ? Le soleil revenu avait dû lui taper sur la tête.
— C'est ridicule, bredouillai-je. Pourquoi dis-tu ça ?
— Parce que c'est vrai.
— Au bout de deux jours ?

— Non, Millie. Je suis amoureux de toi depuis des années. Sans doute, d'une manière ou d'une autre, depuis la seconde où tu as serré les poings et pris ma défense du haut de tes onze ans.

— *Des années ?* répétai-je d'une voix faible. Mais pendant ce temps ton cœur s'ouvrait à quelqu'un d'autre…

— Pardon ?

— Lorsque nous parlions de la brièveté de tes relations, je t'ai demandé si l'engagement te posait problème, si tu ne visais pas plus loin… Tu m'as dit que tu y travaillais…

— En effet. Mais pas avec une autre. Avec toi ! Tu voulais connaître une chose que je désire sans parvenir à l'obtenir ? dit Nick d'une voix posée, en contraste total avec le désordre de mes pensées. Eh bien, c'est toi. Si je ne me suis jamais engagé avec une autre, c'est que tu es la seule qui me donne cette envie. Je veux t'épouser, Millie. Je veux une famille, je veux tout avec toi… Tu voulais aussi savoir où je me voyais dans cinq ans ? Avec toi. Et aussi un enfant que nous avons peut-être déjà créé. Deux, même, qui sait. De quoi ai-je peur ? Que cela n'arrive jamais.

Là-dessus il se tut, attendant sans doute une réaction de ma part, mais rien ne vint.

J'avais la tête vide. Je ne savais pas quoi dire. Je pouvais à peine respirer… Comment diable pouvait-il être amoureux de moi ? C'était absurde ! Il plaisantait forcément… Pourtant il n'en avait pas l'air. Son visage était plus sérieux que jamais. Il semblait vraiment croire à ce qu'il disait. Au fond de moi je sentis monter la panique.

— Tu confonds amour et désir, à mon avis, murmurai-je.

— Pas du tout. Crois-moi, je connais la différence. J'ai fait pour toi des choses qu'il ne me viendrait pas à l'esprit de faire pour qui que ce soit d'autre. J'ai veillé sur toi, et pas simplement parce que ton frère me l'avait demandé avant de partir aux États-Unis. Je t'ai récupérée dans des bars dans des circonstances tout sauf pratiques. Je t'ai proposé de l'argent non par charité, mais parce que l'idée que tu souffres plus que tu n'avais déjà souffert m'était insupportable. Tu as souligné cette habitude que j'ai de regarder autour de moi en entrant dans une pièce comme si je cherchais quelqu'un. Ce quelqu'un, c'est toi. Ton bien-être compte par-dessus tout pour moi. C'est pour cela que je suis venu te chercher à Zanzibar et que je me suis donné la peine de réduire la presse au silence. J'ai fait tout cela pour toi et toi seule.

— Mais tu dis que je sème le chaos dans ta vie… que je suis perturbante…

Ma cervelle abasourdie, mon corps tout entier rejetaient en bloc ce que j'étais en train d'entendre.

— Et belle aussi, et forte, et brillante, répliqua Nick. C'est mon avis depuis toujours. Même lorsque tu me disais que je n'étais pas à la hauteur ou que tu refusais mon argent. J'ai essayé de te dire ce que je ressentais pour toi, de te le montrer, et j'espérais disposer de plus de temps pour cela, mais si tu dois partir aujourd'hui, au diable la subtilité ! J'en ai assez de me cacher. Nous avons perdu trop de temps déjà et après les vingt-quatre heures que nous venons de vivre, je ne supporterai pas un retour à la case départ. Je sais que tu as du mal à faire confiance, que tu crains l'abandon, je sais que tu doutes des motivations des autres, mais tu peux te fier à la mienne. Je ne te laisserai jamais tomber. Laisse-moi t'aimer. Aime-moi en retour !

C'était trop. Toute cette pression qui me tombait dessus… Je n'arrivais plus à respirer. Encore moins à réfléchir. L'assaut était inattendu et violent, mes défenses se lézardaient, mais pour le moment elles tenaient encore le choc, grâce à Dieu. Je devais puiser là l'énergie nécessaire pour surmonter mes faiblesses et protéger mon cœur à tout prix.

— Je ne peux pas, dis-je.

— Si, tu peux.

— Je croyais que tu étais la seule personne qui ne m'avait jamais menti, Nick, mais tu me mens sciemment depuis le début… Tu prétends m'aimer depuis des années, mais tu m'as laissé penser l'inverse pendant tout ce temps. Tu avais tes raisons, je le conçois, mais tu m'as traitée de façon indigne. Face à ton mépris je me sentais encore plus insignifiante. Tu m'as blessée.

Nick tressailla comme si je l'avais giflé et devint tout pâle.

— Je ne savais pas, murmura-t-il.

— Pour moi, ce que nous avons fait ensemble n'était qu'une brève aventure et cela le restera. Je ne t'ai jamais demandé de tomber amoureux de moi. Je ne l'ai jamais voulu. Je ne le mérite absolument pas.

— Bien sûr que si ! Tout le monde le mérite.

— Tu ne pourrais pas comprendre.

— Alors explique-moi…

— Je n'ai rien à offrir et je ne peux pas être responsable du bonheur de quelqu'un d'autre, dis-je, la gorge nouée. La rupture entre mes parents. L'adultère. La faillite. L'infarctus de mon père. Tout ça, c'est à cause de moi.

— Quoi ? Qu'est-ce que tu racontes ?

— Mon père et moi étions inséparables. Très complices depuis toujours. On se ressemblait tellement… Seb m'a dit un jour que ma mère se sentait invisible et négligée. Elle lui avait confié qu'elle était jalouse de notre lien. C'est à cause de moi qu'elle a noué une liaison. C'est à cause de moi que mon père a tout perdu en tentant de la reconquérir…

— N'importe quoi !

— Facile à dire pour toi, tu n'es pas obligé de vivre avec ce genre de remords chevillé au corps. La culpabilité et la honte ne te grignotent pas jour et nuit. Tu n'étais pas là, moi si. Je sais ce qui est arrivé !

— Tu *crois* savoir ce qui est arrivé.

Je me hérissai aussitôt.

— Qu'est-ce que ça signifie ?

— Je sais que ta mère regrette cette brouille entre vous. Elle ne la comprend même pas.

— Comment le sais-tu ?

— Il lui arrive de discuter avec la mienne. Elles parlent de nous toutes les deux.

De nous ? Il n'y avait pas de « nous » ! Je ne pourrais jamais faire partie d'un « nous ». Et comment diable ma mère pouvait-elle ne pas comprendre pourquoi nous nous adressions à peine la parole ? J'avais saboté son mariage ! N'était-ce pas évident ?

— Ce n'est pas sa faute.

— Et encore moins la tienne, Millie. S'il y a un coupable c'est ton père. C'était son couple et il n'était pas un saint.

— Ah ? Dommage qu'il ne soit plus là pour se défendre !

— Tu veux que je te dise ? Tout ça n'est qu'un prétexte, lança Nick d'une voix un peu moins assurée maintenant. Tu as peur, c'est tout.

— Évidemment que j'ai peur ! Je suis terrifiée. Pourquoi selon toi, je n'ai pas eu de relation sérieuse depuis ce petit ami pathétique qui a pris la fuite lorsque j'ai tout perdu ? J'ai mis des années à me construire des défenses solides pour ne plus laisser personne me blesser à ce point. Je ne vais pas jeter tout ça juste parce que tu prétends être amoureux de moi !

— Je ne prétends pas l'être. Je le suis.

— C'est toi qui le dis…

— C'est *moi* que tu as appelé depuis Zanzibar !

— Je n'avais personne d'autre vers qui me tourner.

L'air vibrait de tension. Nick se frotta les joues.

— Très bien, dit-il enfin, résigné, défait, vidé. Fais comme tu veux. Sois têtue. Garde la tête dans le sable. Je t'ai attendue des années, Millie. J'ai souffert, je t'ai désirée et aimée durant tout ce temps. Avec l'espoir que tu finirais par t'apercevoir, à un moment ou un autre, que tu éprouvais les mêmes sentiments.

— Ce n'est pas le cas.

— Je comprends. Crois-moi, tu as été très claire sur ce

point. Alors ça suffit. Terminé ! Va boucler ta valise. Je t'emmènerai moi-même à l'aéroport.

Comme c'était prévisible, le trajet en bateau vers Dar es-Salaam fut pénible et très gênant. Nous n'avions rien à nous dire, pas même un mot sur le sublime coucher de soleil. Nick, à la barre, regardait résolument droit devant lui, perdu dans ses pensées, tandis que je comptais les minutes restant avant mon décollage, assise à sa gauche, le vent fouettant mes cheveux.

À mesure que le bateau avalait les miles nautiques, je me répétais encore et encore que j'avais fait ce qu'il fallait en mettant les choses au clair avec lui. Je n'avais aucune raison de me sentir coupable. Ce n'était pas ma faute s'il s'imaginait m'aimer. Il mesurerait un jour sa méprise, il en serait le premier surpris. Les souvenirs de mon passage ici finiraient par s'effacer et lors de notre prochaine rencontre, ce serait comme si rien de tout cela n'était arrivé.

— Une dernière chose avant que tu partes, dit-il après s'être délesté de ma valise dans le taxi qui attendait sur le quai.

— Oui ?

Je me cuirassai contre de nouvelles révélations dont je ne voulais pas, et pour lesquelles je ne serais jamais prête.

— Je te présente mes excuses pour la fausse impression que je t'ai donnée pendant tant d'années. Si j'avais su…

Il fourra les mains dans les poches de son jean et déglutit.

— Tu as dit que je n'avais pas à endurer la culpabilité, les remords, la honte… Mais je vais vivre avec, désormais. Je suis désolé de t'avoir blessée, Millie. Je suis désolé que tu te sois sentie insignifiante alors que tu es tout sauf ça.

Là-dessus, il recula d'un pas et hocha la tête.

— Bon vol de retour.

12.

Comparée aux tropiques, Londres était très grise et très froide début décembre, et l'illusion de bonhomie festive déversée par les illuminations omniprésentes entre les lampadaires et les vitrines toutes décorées pour Noël n'y changeait rien.

Je mis à profit mes derniers jours de congé pour parcourir méthodiquement les centaines de courriels encombrant ma boîte et les messages que j'avais reçus *via* les réseaux sociaux, moins traumatisants que je le craignais. Je m'adjoignis également les services d'un chasseur immobilier.

Je finis par reprendre mon travail à la papeterie, non sans une certaine dose de trac, prête à offrir des explications assorties d'excuses. Ce souci fut vite oublié. À mon grand étonnement, mes collègues se montrèrent compréhensifs. Aucun d'eux n'avait parlé aux journalistes. Ils étaient même contents pour moi, tous. Mon soulagement fut si vif que je fus même capable de rire lorsqu'on souligna que j'avais désormais les moyens de racheter l'entreprise et de m'accorder une augmentation.

Je me rendis à une ou deux fêtes avec mes colocataires, que la nouvelle de mon gain au loto avait mises tout autant en joie. Était-ce parce que j'avais eu le temps de m'y préparer, ou parce que je me sentais invincible après avoir résisté au charme surpuissant de Nick ? Il me fut étonnamment facile de repérer les profiteurs.

Deux semaines après mon retour, je n'avais toujours

aucune nouvelle de lui. C'était normal, et cela m'allait très bien. J'avais laissé ma robe là-bas, un peu humide après un lavage express, pour endosser une tenue plus appropriée au trajet du retour ; je ne la reverrais plus, tant pis. Je n'avais pas besoin de savoir comment allait Nick, encore moins de me sentir coupable pour la manière dont j'avais géré la situation. C'était lui qui avait réclamé avec insistance une chose que j'étais bien incapable de donner. Il avait dit qu'il comprenait, mais ce n'était pas vrai, pas tout à fait. Comment aurait-il pu mesurer la peur qui m'oppressait à l'idée de laisser quelqu'un approcher assez pour me détruire ? Ou la conviction déchirante, solidement ancrée en moi, que je n'étais pas digne d'amour, quoi qu'il en dise ?

Je me répétai encore et encore que je l'avais échappé belle, et lui aussi… Restait un point sur lequel mes certitudes vacillaient. J'avais beau essayer de m'en empêcher, je me repassais sans arrêt ce qu'il m'avait dit au sujet de ma mère.

Pouvais-je être dans l'erreur depuis tout ce temps ?

Cette question ricochait dans ma tête. Regrettait-elle sincèrement notre brouille ? Mais si elle ne me reprochait pas ce qui était arrivé, si sa liaison extraconjugale et la rupture qui en avait découlé n'étaient pas de mon fait, elle aurait bougé, tout de même, non ? Elle ne se serait pas contentée d'un coup de fil ou texto ici et là…

Après réflexion, ses appels étaient assez fréquents et je ne répondais jamais. Je me disais que j'étais trop occupée, mais ce n'était pas vrai. Je n'avais aucune excuse pour effacer ses textos et ses courriels sans les lire, ni pour éviter le sujet chaque fois que Seb tentait de l'aborder. Peut-être ne devais-je m'en prendre qu'à moi-même dans cette histoire…

Pourquoi me comportais-je de la sorte ? Parce que je craignais que mon père baisse un peu plus dans mon estime ? Mais la vérité, c'est qu'il avait des défauts comme tout le monde, Nick l'avait souligné à juste titre. Je n'aurais jamais dû le mettre sur un piédestal, pour commencer. Et si je m'étais accrochée à toute force à l'idée que tout était ma faute, c'était peut-être pour justifier mon besoin de me protéger, moi et mon petit cœur fragile.

L'ennui, c'est que si je m'autorisais à donner raison à Nick sur ce point, alors je devais envisager qu'il pût avoir raison sur tout le reste aussi... Sur moi, sur la personne que j'étais... Il s'agirait alors d'accepter l'idée que j'étais réellement courageuse, déterminée, d'un caractère bien trempé. Il s'agirait de croire que j'avais autant de valeur que n'importe qui d'autre. Et de lui faire confiance. Autrement dit, de baisser la garde et de me mettre entre ses mains. Les mains d'un homme qui disait m'aimer depuis des années...

Ce n'était pas envisageable.

Dès qu'il découvrirait ma vraie nature, il comprendrait que je n'étais pas digne d'amour, n'est-ce pas ?

Et pourtant.

Nick me connaissait déjà par cœur. Il savait comment je prenais mon café, quelle était ma boisson préférée. Il m'avait vue au plus bas, titubant pour sortir d'un club ou dans la détresse la plus profonde, et aussi au plus haut, heureusement. Rien de tout cela ne l'avait découragé, en définitive. Si grands que soient mes défauts, son désir était intact.

À mesure que les œillères tombaient de mes yeux, je prenais conscience que Nick avait toujours été là pour moi. Il m'avait défendue. Aux obsèques de mon père j'avais remarqué qu'il me suivait partout. Il m'avait porté secours plus d'une fois et continuait à le faire. Même au plus fort de nos dissensions, il avait cherché à m'aider. Je m'étais demandé l'effet que cela ferait d'avoir à mes côtés un allié tel que lui, quelqu'un qui croie en moi. Je l'avais déjà sans m'en rendre compte...

Et à peine avais-je soupçonné la vérité sur mes sentiments à son égard que la terreur m'avait saisie à l'idée des conséquences. Je l'avais délibérément repoussé !

En quoi était-ce si terrifiant, au fond ? Nick était tout ce dont j'avais rêvé sans jamais y croire. Généreux, tenace, sexy et attentionné, et très amoureux de moi, apparemment. Grâce à lui, j'avais découvert qui j'étais vraiment. J'avais repris confiance en mes capacités. Au lieu d'être pétrifiée par les sommes dont je disposais, j'étais aujourd'hui tout excitée par mes projets d'investissements. J'avais commis une erreur de débutante, mais je n'étais pas d'un naturel irréfléchi. Je savais prendre de bonnes décisions.

Rien ne m'obligeait toutefois à les prendre toujours seule. Et rien ne m'obligeait à rester seule indéfiniment...

À la vérité, Nick me manquait plus que je ne l'aurais cru possible. À présent que j'avais goûté à la joie d'avoir quelqu'un avec qui parler, partager des choses, mon retour à la solitude me pesait plus que jamais. Les sorties au bar avec mes collègues et les fêtes où m'entraînaient mes colocataires de loin en loin ne l'allégeaient qu'un moment et ma résistance avait des limites.

J'eus beau essayer de me convaincre du contraire, chasser de mon esprit l'image de Nick et les souvenirs de notre aventure, bons ou mauvais, se révélait bien plus compliqué que prévu. Un grand brun en costume croisé dans la rue, et mon cœur bondissait, puis s'effondrait, car bien sûr ce n'était jamais lui. Il était à Suza, sous un soleil de plomb, en train de s'adonner au kitesurf ou de pêcher, après m'avoir éjectée de ses pensées avec une détermination à laquelle je n'étais sûrement pas étrangère.

Comment avais-je pu faire ça ? Comme avais-je osé lui dire que ce qu'il ressentait n'était pas réel ? Cette arrogance ! Cette cruauté ! Au souvenir de son air dévasté lorsque je lui avais déclaré qu'il confondait désir et amour, la honte me serrait le cœur.

Les regrets que j'avais pu éprouver par le passé n'étaient rien au regard de celui qui me tenaillait maintenant. De toutes les révélations qui pleuvaient sur moi, la plus violente, la plus déchirante, était que je l'aimais aussi.

Voilà pourquoi Nick pouvait me faire aussi mal. Parce que je tenais tellement à lui. Il était la seule personne avec laquelle j'avais envie de discuter. La seule que je voulais garder près de moi. Le soir où il s'était aventuré dans la tempête, ma frayeur n'avait rien à voir avec mon argent ou ma petite personne – c'était bel et bien la peur de le perdre.

Et je lui faisais confiance, bien évidemment. Pourquoi sinon, me serais-je exhibée ainsi dans sa salle de bains, en exposant à la fois mon corps et mon âme ? Oui, la confiance était un choix et ce choix, au fond, je l'avais fait depuis des jours. Pas une fois il ne m'avait laissée tomber. Je savais, avec une certitude absolue, qu'il ne le ferait jamais.

J'avais été si aveugle et stupide, si obsédée par mes problèmes, si obstinée sur un chemin que je croyais le plus sûr... Tout ce que j'avais réussi à faire, c'était à jeter par-dessus bord la meilleure chose qui me soit arrivée dans la vie.

Qu'avais-je fait ? Me pardonnerait-il un jour ? Et comment diable réparer l'erreur monumentale que j'avais commise ?

Vingt-quatre heures plus tard, j'étais de retour à Suza, saluant James qui s'apprêtait à remettre les gaz, mais cette fois je n'avais aucun bagage, seulement une idée assez précise de l'accueil que j'allais recevoir.

À chaque pas sur la jetée, puis sur le sentier sablonneux menant à la villa, mon cœur battait un peu plus fort sous l'effet du trac. Je n'avais pas averti Nick de ma venue. Je craignais qu'il ne s'éclipse, ce qu'il aurait été parfaitement en droit de faire. Il était ici, je le savais. Mon frère me l'avait confirmé.

Le soleil brûlant de la mi-journée dardait sur moi ses rayons depuis un ciel bleu sans nuage, mais l'origine de la sueur qui perlait sur ma peau était ailleurs. Dans les jardins, sur la terrasse ou la plage, plus aucune trace de la tempête qui avait ravagé l'île quelques semaines plus tôt à peine.

La pelouse et les jardinières étaient immaculées, la piscine étincelait… Les volets étaient fermés, toutefois. La maison baignait dans un silence étrange.

Je cherchai en vain des signes d'activité autour de moi. Nick pouvait être parti en mer, bien sûr… Et s'il n'était pas là, en fin de compte ? Si Seb s'était trompé, si j'avais fait tout ce trajet pour rien ? Comment alors, lui demanderais-je pardon pour tout ?

Redressant les épaules, je refoulai vaillamment mes doutes. J'avais préparé un discours, je ferais mon possible pour qu'il soit entendu. Pour cela j'étais prête à patienter des heures s'il le fallait. Ou à pister Nick jusqu'au bout du monde.

Je frappai à la porte et attendis, le cœur dans la gorge.

Pas de réponse.

Je testai la poignée. La porte céda sous ma poussée. Je n'hésitai qu'une fraction de seconde avant de franchir le seuil. Allais-je me rendre coupable d'une intrusion dans son intimité en m'invitant chez lui ? Bien sûr que oui. Était-ce un souci ? Absolument pas.

Je pénétrai dans la fraîcheur du hall, bataillant contre l'afflux des souvenirs. Passant devant la console, je sentis une onde de chaleur me traverser. Plus loin, je repérai l'endroit où je lui avais dit qu'il confondait amour et désir. Le salon semblait aussi intact que lors de mon premier passage. La cuisine, en revanche… C'était un chantier. La table était jonchée de journaux, les chaises de travers. Sur l'îlot s'alignaient des cadavres de bouteilles, et des assiettes sales étaient empilées au petit bonheur près de l'évier.

Toujours aucun signe du propriétaire des lieux.

Déroutée, je grimpai les marches dans un état second. Mes jambes avançaient d'elles-mêmes, comme si mon esprit s'était détaché de mon corps. Je vérifiai une pièce après l'autre, et trouvai enfin Nick endormi sur le dos dans la chambre que j'avais occupée, ma robe rose roulée en boule près de lui.

À la vue de cet homme pas rasé, les traits tirés, l'air hagard mais si beau malgré tout, je me sentis flancher. La brume se dissipa et le chagrin, les remords, l'amour que j'avais si longtemps renié, tout ce flot d'émotions que j'avais tenu tant bien que mal à distance jusque-là me submergea.

Comment avais-je pu renoncer à lui ? À présent que j'étais là, était-il encore possible d'arranger les choses ? Espérant désespérément que oui, je me penchai sur lui pour le secouer.

— Nick ?

Il repoussa ma main en grognant. Je recommençai, avec un peu moins de délicatesse.

— Nick !

Cette fois j'obtins une réaction. Et pas n'importe laquelle ! Dès qu'il perçut ma voix, il ouvrit les yeux et me fixa deux petites secondes avant de m'attraper pour me plaquer sur lui. Il planta une main sur ma nuque, l'autre sur mes reins, et m'embrassa avec passion. Étouffant un grognement, il me fit rouler sur le dos et m'abreuva de caresses. Je m'enroulai autour de lui, gémissante, enfiévrée. Il m'avait tellement manqué !

Et puis il se figea subitement et s'écarta d'un bond, tout à fait réveillé à présent.

— Toi ! gronda-t-il en sautant à bas du lit comme s'il était en feu.

Je me repeignai d'une main tremblante, le cœur lancé à toute vapeur, le souffle court.

— Qu'est-ce que tu fiches ici, Amelia ?

J'étais donc redevenue Amelia. C'était compréhensible. Mais ses baisers avaient conté une tout autre histoire. De quoi amollir mes genoux, mais renforcer ma détermination.

Je me relevai à mon tour et rajustai mes habits froissés.

— Je me suis dit que tu ne répondrais pas à mes appels.

— Et tu as donc décidé de t'introduire chez moi à la place…

— La porte n'était pas verrouillée.

— Qu'est-ce que tu veux ?

— Parler.

— Nous nous sommes déjà tout dit, il me semble.

J'avais beau m'y attendre, l'amertume dans sa voix me glaça.

— Pas tout, répliquai-je. Il y a autre chose. Tellement d'autres choses…

Nick fronça les sourcils.

— Tu es enceinte ?

— Quoi ? Non !

— Donc, tu as réussi à trouver une pharmacie à temps.

Pas exactement. J'avais tardé, et puis… Il était trop tard. Le sens de ces dérobades m'avait échappé sur le moment. L'illumination était venue après coup. Depuis le début, inconsciemment, j'avais souhaité être liée à lui pour toujours. La nature avait eu d'autres projets.

— Je n'en ai pas eu besoin, finalement, dis-je.

— Tu dois être ravie.

— Eh bien… Pas du tout.

— Je ne suis pas d'attaque pour les énigmes, répliqua sèchement Nick. Ma tête me fait mal. Sors d'ici !

Il me tenait déjà la porte grande ouverte. Je l'ignorai.

— J'ai fait un long voyage pour te voir, dis-je en me redressant.

— Ce n'est pas mon problème.

— J'ai appelé ma mère. Tu avais raison à son sujet. Elle ne me reproche rien. Elle a dit à Seb qu'elle était jalouse de moi un jour où elle touchait le fond et elle n'a cessé de regretter ses paroles depuis. Tout était dans ma tête. Et pour mon père aussi, tu as vu juste. Ce n'était pas un saint. Il a eu des liaisons, lui aussi. J'allais de méprise en méprise, empêtrée d'idées fausses, et pendant des années j'ai laissé ces illusions diriger ma vie. Je vois bien aujourd'hui que tout cela n'avait aucun rapport avec moi.

— Ça ne m'intéresse pas le moins du monde !

— En fait, tu avais raison sur toute la ligne, Nick.

— Pas toute, non.

J'inspirai profondément, pressée d'expulser les mots qui s'empilaient dans ma tête.

— Je suis désolée de la manière inqualifiable dont j'ai réagi lorsque tu m'as dit que tu m'aimais. Je n'étais pas prête à l'entendre. J'ai dit des choses consternantes. Je suis mortifiée de t'avoir blessé. J'avais peur. Encore aujourd'hui, j'ai si peur… Là aussi, tu as mis dans le mille. Tous les êtres qui me sont chers me quittent. Mais ce n'était pas une raison.

— Je ne t'aurais jamais quittée.

— Je le sais maintenant, dis-je, le cœur lourd. J'étais aveuglée par les complexes qui me collaient à la peau depuis beaucoup trop longtemps, incapable de voir ce qui était pourtant sous mes yeux. Tu ne m'as jamais laissée tomber et je sais que cela n'arrivera jamais. Je te fais confiance. Et je t'aime, Nick. Vraiment. Depuis des années, je crois. C'est pour cela que ton attitude envers moi faisait si mal. Au fond de moi, j'enviais la relation que tu avais avec mon frère. J'étais si jalouse des blondes ! Je les aurais volontiers toutes écorchées vives. Je connais tes habitudes, tes peurs. Je te connais. Et tu me connais. Nous sommes faits l'un pour l'autre, Nick.

— Non, répliqua-t-il froidement. Ce n'est pas vrai. Je t'ai tout offert et en retour, tu m'as détruit. Tu es un rappel constant de mes faiblesses, dont je n'ai aucun besoin.

— Je suis tellement désolée…

— Il n'y a rien ici pour toi. Va-t'en, s'il te plaît.

— Je n'ai pas envie de partir.

— Et moi je n'ai pas envie que tu restes.

D'accord.

D'accord…

Je relâchai mon souffle et hochai la tête, alors même que je me désintégrais lentement à l'intérieur. C'était fini. Rien de ce que je pourrais dire ou faire ne l'amènerait à changer d'avis. J'avais tout gâché, tout détruit. J'avais été si bête… Et j'étais l'unique responsable.

Le cœur à l'agonie, je m'avançai vers la porte en passant devant lui. J'aurais tout donné pour m'arrêter là, le supplier de me pardonner…

— Attends.

Un espoir fou battit des ailes dans ma poitrine. Je pivotai d'un bloc.

— Oui ?

— Tu as oublié ta robe.

Il la lança dans ma direction. Je la saisis de mes doigts gourds, le remerciai et tournai les talons.

Je descendis l'escalier d'un pas mal assuré, les yeux pleins de larmes. Qu'allais-je faire maintenant ? Comment surmonter cette nouvelle épreuve ? Je parvins sans savoir comment à sortir mon téléphone et à chercher le numéro de James. Il ne pouvait être bien loin, je n'étais pas restée très longtemps. J'avais espéré un meilleur résultat…

Et là soudain, au pied des marches, le pouce hésitant au-dessus de la petite touche verte, le cœur tambourinant sous mes côtes, je marquai une pause.

Non.

C'était une erreur. Je ne pouvais pas partir comme ça. Pas encore… Je n'avais pas épuisé toutes les possibilités, loin de là. Et si Nick essayait seulement de se protéger, comme il l'avait fait durant tant d'années ? N'était-ce pas un masque d'indifférence et de détachement qu'il brandissait là, une façon de me tenir à distance ? C'était peut-être cela qui se cachait derrière sa résistance obstinée.

Il fallait que je sois fixée. Mon intrépidité naturelle dont je regrettais tant la disparition revenant au galop, je brûlais d'un besoin à la fois sauvage et inarrêtable. Demi-tour !

Je lâchai le téléphone dans mon sac à main et me lançai

dans l'escalier à fond de train, éperonnée par l'adrénaline qui pulsait dans mes veines… et pilai net à la vue de Nick qui venait de surgir sur le palier.

— Pour ta gouverne, dis-je très vite avant qu'il ne fasse quoi que ce soit pour m'empêcher de parler, où que tu ailles, je te suivrai, je t'assiégerai, et cela jusqu'à ce que tu me laisses te prouver que je t'aime. Je me battrai pour toi sans relâche, le temps qu'il faudra, et je gagnerai !

— Ah oui ? murmura-t-il, les yeux étincelants.

— C'est une promesse. Je suis courageuse et déterminée, rappelle-toi. Tu n'as pas une chance. Ton armure sera anéantie. Tes armes, pulvérisées. Tu ferais aussi bien de capituler tout de suite.

— Trop tard, dit Nick en s'avançant vers moi. C'est déjà fait.

Je le regardai sans comprendre. Sa proximité, son odeur m'étourdissaient déjà.

— Pardon ?

— Je n'ai aucune défense contre toi, Millie. Plus maintenant. Cette tentative dérisoire tout à l'heure pour te repousser l'atteste. Je ne peux pas te laisser partir une seconde fois. Sans toi, j'ai vécu un cauchemar. J'ai beaucoup bu, dans l'idée de t'oublier, mais ça ne marche pas. Rien ne marche. Tu es partout. Dans la villa, dans ma tête, dans mon cœur. Je suis tellement sens dessus dessous que j'ai pris l'habitude de dormir avec ta robe. Les excuses que je t'ai présentées sur le quai étaient carrément pathétiques, mais le fond était juste. Tu n'es pas insignifiante. Tu es tout pour moi. Je passerai le restant de mes jours à te le prouver, si tu y consens.

Tout à coup il fronça les sourcils.

— Est-ce que tu vas pleurer, là ?

— Oui, répondis-je en reniflant, le cœur gorgé d'amour, de soulagement et de joie. Désolée. Je sais combien tu détestes les larmes.

Il tendit les mains et essuya doucement mes joues avec les pouces.

— C'est la dernière fois que je te fais pleurer, promis. Je t'aime.

— Moi aussi je t'aime.

Il m'attira dans ses bras et m'embrassa, longuement, lentement, passionnément.

Je sus à cet instant, sans l'ombre d'un doute, que nous étions faits l'un pour l'autre. N'importe où dans le monde, où que nous soyons, quoi que nous fassions, ma place était auprès de lui et la sienne auprès de moi.

Épilogue

Cinq ans plus tard

Après avoir confié le laboratoire à mes six étudiants chercheurs, je foulai d'un pas tranquille le sable blanc jusqu'à l'endroit où Nick folâtrait dans les eaux turquoise, tièdes à souhait, de l'océan Indien.

Il m'avait déniché cette île six mois après notre mariage et c'était exactement ce dont je rêvais depuis toujours. Un banc de corail d'environ six hectares, à quelques encablures à peine de Suza, excusez du peu !

Le laboratoire, construit cinquante ans plus tôt, pouvait accueillir jusqu'à trente personnes. À mon arrivée les locaux étaient en ruines, enfouis sous la végétation et inhabitables. En quatre ans, j'avais accompli des progrès considérables. Tout en bûchant mon diplôme de biologie marine, que j'avais fini par décrocher, j'avais sollicité plusieurs avis et recruté les meilleurs. Le site figurait aujourd'hui sur la liste de toutes les universités majeures, dont Zurich, le récif débordait de vie et mon programme d'élevage de tortues imbriquées montait en puissance.

Au fils des ans, de nombreuses associations caritatives avaient bénéficié de mon gain au loto. Même ma mère et mon frère avaient fini par se laisser convaincre d'en accepter une part… Mais nul n'était plus reconnaissant que moi de tous ces rebondissements dans ma vie. J'avais gagné certaines choses que l'argent ne pourrait jamais acheter. Le bonheur absolu. La confiance. L'amour de ma vie et la famille que nous avions créée.

Nick émergea de l'eau, notre fille de quatre ans pendue à sa jambe gauche et notre fils de deux ans accroché à la droite. Mon cœur fondit à cette vue comme il le faisait une bonne dizaine de fois par jour.

— Tu te souviens que je t'ai demandé un jour où tu te voyais dans cinq ans ? lui demandai-je en souriant.

— Je me souviens, confirma-t-il, déposant notre progéniture sur le sable pour venir m'enlacer. Je crois t'avoir répondu : avec toi et un ou deux enfants.

— Alors, verdict ?

— La réalité dépasse mes rêves les plus fous, et tu sais à quel point mon imagination peut se déchaîner…

— Oh ! oui.

Même après cinq années, la passion brûlait toujours entre nous, plus intense que jamais. Un éclat familier, débordant de malice, illumina son regard.

— Justement, repris-je, je me disais…

Les yeux de Nick dérivèrent sur ma bouche et s'assombrirent tout à coup, ce qui ne manquait jamais de me faire chavirer.

— À croire que tu lis dans mes pensées, murmura-t-il.

— Non, ce n'est pas ça, répliquai-je avec un sourire. Les enfants…

— Oui ?

Je me tapotai doucement le ventre, puis je me hissai sur la pointe des pieds pour glisser les bras autour de son cou et approcher les lèvres de son oreille.

— Que dirais-tu d'un troisième ?

Retrouvez prochainement,
dans votre collection

AZUR

Désirs grecs, de Melanie Milburne - N°4642

C'est avec émotion que Ruby s'engage dans Rothwell Park, le domaine où elle a grandi. Le château, dont sa grand-mère est restée la gouvernante, lui a offert autrefois un havre de paix… et l'amour. Follement éprise de Lucas Rothwell, son héritier, elle a cependant dû se faire à l'idée qu'il ne partagerait jamais ses sentiments. Aujourd'hui, revoir Lucas est plus troublant que jamais. L'aura de mystère qui entoure cet homme est accentuée par le secret qu'il lui révèle bientôt. Un secret qu'il demande à Ruby de taire au monde, durant le voyage qu'ils feront ensemble en Grèce…

Scandale en Italie, de Chantelle Shaw - N°4643

Si Ivy fait irruption dans la salle de réunion de Rafael Vieri, interrompant ainsi la signature d'un fructueux contrat, c'est pour le placer face à ses responsabilités. Le bébé dont elle est la tutrice est celui de l'homme d'affaires ! proclame-t-elle devant une assemblée ahurie. Or ce scandale est d'autant plus malvenu que Rafael lui prouve bientôt qu'elle a fait erreur sur la personne. Furieux qu'Ivy ait ainsi compromis sa réputation, il exige d'elle qu'elle contribue à redorer son image… en l'épousant !

L'héritier d'une princesse, de Clare Connelly - N°4644

La princesse Charlotte de Rothsburg connaît son devoir : donner au royaume un héritier. Or, avant d'épouser un homme qu'on a choisi à sa place, elle s'autorise une nuit d'égarement. Une nuit où dans l'anonymat elle s'offre à Rocco Santinova, un homme d'affaires connu à Manhattan et dans le monde pour son caractère impitoyable. Alors que leur histoire devrait s'arrêter là, Charlotte se découvre vite enceinte. Dès lors, elle n'a d'autre choix pour éviter la disgrâce que d'épouser Rocco…

La rivale amoureuse, de Rebecca Winters - N°4645

Sous un faux nom, Francesca s'est installée au royaume de Baldasseri. Là, elle a décroché l'emploi de ses rêves et démarré une nouvelle vie. Pas question pour elle, donc, de révéler qu'elle est une Visconti, car sa famille est rivale de la Couronne ! Hélas, par un curieux hasard – ou une facétie du destin –, elle fait bientôt la connaissance du prince Vincenzo Baldasseri, dont elle tombe amoureuse. Alors qu'elle devrait fuir son ennemi, elle a très envie d'en faire son amant…

Une passion innocente, de Sharon Kendrick - N°4646

Six ans plus tôt, Mia a fui son tout nouvel époux, sitôt leurs vœux prononcés. Quel choc pour elle de retrouver Theo Aeton sur le pas de sa porte ! S'il est venu à sa rencontre aujourd'hui, c'est pour lui demander de l'accompagner en Grèce pour se rendre au chevet d'un parent malade. Malgré les différends qui les opposent encore, Mia accepte de le suivre, tout en se jurant de rester prudente. L'homme qu'elle a follement aimé avant qu'il la trahisse a gardé le pouvoir de la faire fondre d'un seul regard. Or le désir entre eux est d'autant plus fort qu'ils n'ont jamais consommé leur union…

Liaison au palais, de Susan Meier - N°4647

Le roi Jozef vit en reclus depuis des années. Aussi est-il réticent à l'idée de confier son image publique à l'audacieuse Rowan Gray. Cette dernière, convaincue qu'il est temps pour lui de sortir de son isolement, le pousse malgré lui dans ses retranchements tout en l'attirant dangereusement. Jozef peut-il s'autoriser une liaison clandestine avec Rowan et prendre le risque de faire naître un scandale avec celle-là même qui a pour mission de protéger sa réputation ?

La captive de la forêt, de Millie Adams - N°4648

Perdue dans une forêt des Highlands, Athéna pénètre dans un mystérieux château gothique dont le maître des lieux se révèle être Cameron McKenzie. L'homme d'affaires, célèbre autrefois pour ses frasques de play-boy, vit en reclus depuis l'accident qui l'a défiguré. Alors qu'elle devrait être effrayée par son apparence et ses manières brusques, Athéna se sent auprès de lui… en sécurité. Jusqu'à ce qu'elle comprenne que Cameron n'a aucune intention de la laisser repartir !

Un patron pour époux, de Lynne Graham - N°4649

SÉRIE : *L'HÉRITAGE DES STEFANOS* - 1/3

Choqué de se découvrir une famille dont il ignorait tout, Ari Stefanos décide d'oublier ses soucis le temps d'une nuit passionnée. Dans les bras de Cleo, sa douce assistante, il vit une parenthèse délicieuse. Mais le poids des responsabilités l'accable encore quand il apprend que pour adopter sa nièce orpheline il lui faut se marier. Qu'à cela ne tienne, Ari connaît déjà la candidate parfaite pour tenir auprès de lui le rôle d'épouse. Reste à convaincre son amante d'un soir de se prêter au jeu…

Le secret de Sa Majesté, de Lucy Monroe - N°4650

SÉRIE : *DÉCRET ROYAL* - 2/3

Emma a follement aimé le prince Konstantin de Mirrus, avant qu'il la quitte pour rechercher une femme de son rang. Le revoir cinq ans plus tard est un choc d'autant plus grand pour elle que Konstantin veut désormais faire partie de sa vie – ou plutôt de celle de leur fils, dont il vient d'apprendre l'existence. Emma peut-elle lui faire confiance alors qu'il a autrefois choisi de sacrifier leur amour sur l'autel du devoir ?

La fuite d'une fiancée, de Dani Collins - N°4651

SÉRIE : *QUATRE MARIAGES ET UN BÉBÉ* - 2/4

Pour sauver son entreprise, Eden doit contracter un mariage de convenance. Hélas, lorsque la cérémonie vire au désastre, elle se retrouve contrainte de fuir en compagnie du témoin du marié ! Une folie d'autant plus grande que Remy Sylvain ne la laisse pas indifférente, depuis le baiser inoubliable qu'ils ont échangé autrefois... Cet homme, qui l'agace autant qu'il l'attire, représente pour elle le fruit défendu. Et Eden rêve soudain de passer entre ses bras ce qui aurait dû être sa nuit de noces...

Cette dernière nuit entre tes bras,
d'Anne Mather - N°4652

Une dernière nuit d'amour. C'est tout ce que Joanna attend de Matt avant qu'ils ne divorcent. Une nuit de passion dans la chaleur de Miami, lors de laquelle, pendant quelques heures, ils pourraient oublier leurs différends. Une nuit de plaisir et d'insouciance... Ils se sont tant aimés, autrefois ! Seulement voilà, Joanna ne le sait que trop bien : plus rien n'est possible entre Matt et elle. Du moins le croit-elle, jusqu'à ce qu'un événement inattendu vienne bouleverser leur existence...